Bernhard Gallistl

Der Restaurator

www.moritzvomberge.de

Printed in Germany

Umschlaggestaltung, Satz + Layout:
Design Studio Lutz Engelhardt, Hildesheim
Herstellung: Leinebergland-Druck, Alfeld

Umschlaggestaltung unter Verwendung
der Skulpturen „Psyche Abandoned“ (Vorderseite)
von Augustine Pajou, Musée du Louvre, Paris
und „Amore and Psyche“ (Rückseite) von
Ippolito Buzzi, Palazzo Altemps, Museo Nazionale Romano

ISBN 978-3-9806093-6-4

Bernhard Gallistl

Der Restaurator

MORITZBERG
VERLAG

Im Verandazimmer

„Ludmilla!“ Der Name schwankt als ein anfangloses Echo die lange Straße hinab, auf der die hitzige Sonne Staub so viel Staub gelockert hat, dass er den Blick eintrübt, der sich auf die unaufhörlich wiederholenden Endsilben richten sollte: „...illa!“ „Ludmilla, ist der Tee fertig?“ Ludmilla schlägt die Augenwimpern – aus Unwillen oder vielleicht auch einfach nur, weil sie ein wenig zerstreut ist. „...illa...“, zwei Silben, die sich unaufhörlich selbst gebären, sich fortpflanzen auf dem kochenden Pflaster einer Pappelallee, über der die Luft anhält, um eigene Durchsichtigkeit zu spiegeln. Nun, es hat keinen Sinn, sie einholen zu wollen, die beiden Silben „illa...“

Ludmilla kommt mit der weißverschnörkelten Teekanne aus der Küche getänzelt. Der Bauch, echt Mespelbrunner Porzellan, wölbt sich ausladend. Die Tülle reckt sich angestrengt nach oben und fährt dann ruckartig nach vorn aus wie der aufgeregte Hals einer Gans, wenn sie zum Schnattern ansetzt. „Ich gieße mir selber ein“: Warum diese geduldlose Stimme? Auf Tiburius wartet den Tag über nichts anderes als das Konzeptheft, das ihn mit seinen meist unbeschrieben weißen Blättern aufgeschlagen vom Tisch aus angähnt. Hastig gießt er ein, zu hastig. Und da nützt auch das schmale, schwarzlackierte chinesische Tablett mit der verhangenen Flusslandschaft nichts, auf dem die Tasse steht. Es gehen einige Tropfen daneben auf den hellbraun polierten Tisch und auf die sechzigblättrigen Wildrosen, die in vollem Rot darin als Intarsien eingelassen sind (Wie schwellend grün die Blätter an den fragilen Dornenstielen!). Auch die zierliche Blaumeise in Porzellan – so naturgetreu, dass man beinahe ihren Gesang hört –, die mit einer elastischen Schnur vom Henkel aus unter den Ausguss der Tülle geklemmt ein rundes gelbes Kunststoffschwämmchen festhält – ein sogenannter Tropfenfänger –, hat es nicht verhindern können. Tiburius übersieht es nicht, dass Ludmilla nur zögernd sich verhält, ein „Du kleckerst" auszurufen. Wortlos nimmt sie ihm die Kanne aus der Hand, sie abzusetzen, tupft mit einem Lappen die verschütteten Tropfen auf und stülpt schließlich über das glänzende Porzellan eine gefütterte Baumwollhaube, die, über und über mit winzigen Vergissmeinnichtblüten geschmückt, den Inhalt lange warm halten soll.

Endlich kann Tiburius den Tassenrand an den Mund setzen, aber der Tee ist noch zu heiß, verbrennt die Zunge.

„Sollte dein Restaurator nicht längst schon hier sein, Ludmilla?" Beide schauen sie nach der Glaswand, die ihnen von ihrem Teetisch im Verandazimmer den Blick ins Hausinnere freigibt, in das dämmerige Vestibül und auf die steinerne Treppe, die nach oben geht. Vor dem Treppenaufgang steht auf ihrem säulenartigen Podest die Marmorfrau mattweiß, mattweiß auch der Schmetterling auf ihrer Hand. Das reine Weiß – in der lichten Dämmerung der Treppe erscheint es nahezu ganz rein – hebt sich sehr deutlich von der umgebenden tieferen Farbe auf Wänden und Boden ab. Ein Gewitter ist aufgekommen, schlägt vom Garten her stürmisch an die verglaste Verandawand und wirft den Schein von Blitzen über die Teetrinker hinweg. Wie durch ein Filter tropfen die Lichter dann durch das dicke Glas des Treppendachs ins Düster des Vestibüls. Rötliche Blitze und graulich weiße Farbe wechseln auf dem Marmorbild.

„Weshalb ist man sich denn eigentlich so sicher, dass die Statue eine Psyche darstellen soll?“ Tiburius fragt es in den Blitzschein hinein.

„Sicher kann man sich eigentlich, so ganz sicher, nicht sein. Es ist nur die behutsam gesenkte Hand am angewinkelten Arm und der Schmetterling, den sie mit Daumen und Zeigefinger an einem Flügel hält – aber wie sie das tut, dafür ist das Wort ‚zart‘ in sich selbst zu ungefüge. Die junge Psyche, die dem Liebesgott ihr eigenes Symboltier, den Seelenschmetterling, in die Hand niederschweben lässt – diese Zweiergruppe ist im Empire öfter gestaltet worden. Das Vorbild dafür geht auf Antonio Canova zurück, sagt Restaurator Isenbihl, und der ist in diesen Dingen ja wirklich sehr beschlagen. Auch unsere Statue ist klassizistisch zum Empire hin, sagt Isenbihl.“

Im Vorübergang spiegelt der Widerschein rosenfarben das starre Statuenantlitz mit dem griechisch aufgebundenen Lockenhaar mehrfach in der Glaswand, die das Vestibül vom Verandazimmer trennt.

„Wieso Empire? Ich dachte, Isenbihl sagt, die Statue ist echt antik."

„Ja und nein. Antik sind Kopf und Oberkörper. Die sind aus echtem Marmor und eigentlich männlich. Der Empirekünstler hat nun alles in Gips gepackt, Teile des Gesichts, Arme, Brüste und den unteren Teil im Stil der Zeit zugefügt. Wenn man genauer hinsieht, scheint oben tatsächlich an vielen Stellen Marmoroberfläche durch. Es lässt sich aber nicht immer genau erkennen, wie weit die Marmorteile gehen."

„Deshalb bin ich so gespannt darauf, was der Restaurator ans Tageslicht bringen wird. Vielleicht ist der antike Anteil größer, als man auf Anhieb erkennt. Es ist ja alles überkleistert. Jedenfalls ist die ganze Statue auffallend schwer. Der Marmoranteil muss erheblich sein."

„Wenn ich mich wieder daran erinnere: Damals in Unterwössen war das Ding ja kaum in den gemieteten Transporter zu schaffen. Wir mussten vier Burschen anheuern dafür. Leider war das ganze Unternehmen irgendwie auch das Ende unserer zweiten Hochzeitsreise – so etwas sollte unser Bayernurlaub damals doch sein. Aber die Psyche hatte es uns beiden gemeinsam angetan."

„Ein wunderbarer Gelegenheitskauf. Ich kann mir bis

heute noch nicht vorstellen, wie der kleine Antiquitätenhändler an der österreichischen Grenze an diese vornehme Figur gekommen ist zwischen den morschen Wagenrädern, Dreschflegeln, Pferdekummeten, verstaubten Bauernheiligen, die er sonst verkauft."

„Du hast damals einen Weg von der Tschechoslowakei über Tirol vermutet."

„Isenbihl hält das aber für unwahrscheinlich. Und schließlich war der Künstler selbst vermutlich Franzose – meint Isenbihl."

„Wie auch immer. Die Herkunft bleibt auf jeden Fall mysteriös. Vielleicht ist die Statue ja auch Diebesgut. Und dann – was machen wir eigentlich, wenn plötzlich ein früherer Eigentümer auftaucht und seine Rechte anmeldet?"

Was sagt Tiburius da? Selbst hat er dabei wenig gedacht, wenn er diesen möglichen Eigentümer ins Gespräch bringt. Nur so dahin gesagt. Aber bei Ludmilla zuckt die linke Gesichtshälfte. Zuckt. Wer Ludmilla gut kennt, kennt auch dieses Zucken und weiß, dass das bei ihr höchste Anspannung, Aufregung heißt. Wenn man freilich nur auf die Leichtigkeit ihrer Stimme hört, bemerkt sie nicht weniger beiläufig und obenhin als vorher:

„Wie soll jetzt, nach fünfzehn Jahren, da einer nachforschen und dazu dann noch auf uns kommen? Außerdem gibt es ihn gar nicht, diesen Ur-Eigentümer, sicher nicht. Und vor allem", Ludmilla zieht noch einmal ihre Grimasse, dieses Mal noch ruckartiger, „vor allem lassen wir diese

Psyche jetzt ja restaurieren, und wer kann sie dann noch identifizieren?“

Er: „Sie wird doch im Ganzen auch nach der Behandlung noch so aussehen wie jetzt, nur aufgearbeitet und etwas weißer – ich meine: sauberer.“
Sie: „Nein, davon kann eben keine Rede sein: Der Restaurator wird die antiken Marmorbestandteile herauslösen. Die ausgelösten Stücke werden dann einen ganz anderen, nämlich den originalen Eindruck geben, sagt er. Außerdem will Isenbihl dann die Oberfläche polieren, um das innere Licht des Marmors zur Geltung kommen zu lassen, wie er sagt.“
Er: „Bedeutet das, dass die Figur, so wie sie jetzt ist, nicht mehr bestehen wird, dass nur noch einzelne Stücke da sein werden? Hast du deshalb diesen Restaurator engagiert? Ist das die Restaurierung, für die du so schwärmst?“
Sie: „Ja schon, das schwebt mir vor.“
Er: „Du weißt aber, damit zerstörst du die schöne Frauengestalt, die wir jetzt so bewundern?“
Sie: „Ich habe die Lust am Torso.“
Er: „Oder die Lust an der Zerstörung. Ich nicht. Als du mir mit Begeisterung von dem Restaurator erzähltest, den du kennen gelernt hast, und dass er bereit wäre, die schöne Psyche zu bearbeiten, hat mir das schon gefallen. Aber ich habe dabei an Dinge gedacht wie den Staub und die Beläge entfernen, Risse schließen, abgebrochene Ecken und Kanten ausbessern, aber nicht an eine Totalaktion. Ich liebe

diese Psyche und möchte sie gerne so haben, wie sie ist.“

Sie: „Isenbihl sagt, man muss sie ohnehin erst in ihre Bestandteile zerlegen, bevor er überhaupt anfangen kann, sie zu restaurieren.“

Er: „Die Statue steht wunderbar da im Vestibül. Das Grau auf der Oberfläche und die kleinen Beschädigungen geben vielleicht eher noch den Zauber und Altehrwürdigkeit hinzu. Wer sagt eigentlich, dass man überhaupt restaurieren muss?“

Sie: „Isenbihl, Isenbihl sagt es. Gerade an statisch empfindlichen Stellen ist der Gips angefressen, morbid porös. Über kürzer oder länger – sagt Isenbihl – wird sie umkippen, nach vorn, hinten oder zur Seite – man kann das nicht sagen, umkippen jedenfalls.“

Er: „Und wenn der Marmor als Torso ausgelöst ist, was ist dann mit den Gipsteilen? Du hast mich doch selbst hingewiesen auf die Anmut in der Armbewegung, auf die Hand und mit welcher Feinheit sie den Schmetterling anrührt. Was da der Gipskünstler um den Torso herum gestaltet hat, ist ein Werk voller Schönheiten.“

Sie: „Wie arm ist ein Werk, das nur Schönheiten hat – und wenn es tausend sind –, das nur Schönheiten hat und nicht selber eine Schönheit ist. Trotzdem – diese Schönheiten, von denen du sprichst, werden nicht untergehen. Isenbihl sagt, dass er auch den Gipsbestand erhalten und die Bruchstücke gesondert restaurieren will.“

Er: „Es sollen also dann zwei getrennte Kunstwerke aus dem einen entstehen?“

Sie: „Ja eben, das soll gerade so sein. Die beiden Materialien haben ja ästhetisch nichts, auch gar nichts, miteinander zu tun. Durch die gesonderte Aufstellung wird der Gips mit seiner Taubheit sein Eigenrecht behalten: Das Übernatürliche einer geisterhaften, nicht fleischgewordenen Existenz, das macht doch den Gips aus. Jetzt, wo der Gips noch mit dem Marmor zusammengestoppelt ist, kommt diese Wirkung gar nicht heraus. Jedes Material hat schließlich seine eigene Seele. Schau dir zum Beispiel doch nur einmal unser Porzellan daraufhin an."

Beide richten das Auge auf die zierliche Tischuhr, die vor der bemäntelten Teekanne steht. Hinter Glas schwankt das Pendel – golden und sonnenartig geflammt – zögernd hin und her. Das verschnörkelte Porzellangehäuse, mit Lorbeersträuchern bemalt und grasenden Ziegen, am Horizont ein verschwebender Hügel – dort möchte man sein – und über dem Zifferblatt Alexis und Dora, graziös und doch gekünstelt einander umfangend. Dieselben Motive wie auf der Tasse, die Tiburius zum Mund führt. Eine zusammengehörige Serie? Oder spiegelt die Tasse die Uhr oder die Uhr die Tasse oder die beiden sich gegenseitig, um erst in der wechselseitigen Spiegelung die reizende Hirtenidylle zu erzeugen? Aber es kann nicht sein: Eben diese Motive wiederholen sich auch am Rand der porzellanenen Miniatur, die neben dem Verandaglas an der Wand hängt und angeblich den Seefahrer und Weltreisenden Louis Antoine de Bougainville darstellen soll – jedenfalls blitzt bei dem

Mann ein großer blauweißer Orden auf seiner schwarzen Uniformjacke. Die Augen – schwarz und voll wie die Tollkirschen – sind angstvoll aufgerissen.

Über alles Porzellanene gewittert es noch einmal rötlich.

Die Uhr schlägt, viermal taub wie Gips und fünfmal hell wie das Hämmern auf Marmor. Es ist fünf Uhr – eigentlich noch nicht ganz, denn die Tischuhr geht immer vor. Tiburius verbrennt sich die Zunge. Der Tee ist immer noch zu heiß. Die Hirtenlandschaft wackelt ein Armzucken lang. Es ist nur gut, dass Tiburius jetzt nichts verschüttet. Ludmilla sieht aber dieses Mal gar nicht hin.

Sie: „Es ist schon bald fünf. Wo bleibt der Restaurator? Er wollte doch schon vor einer halben Stunde hier sein."
Er: „Dann werde also auch ich ihn jetzt kennen lernen. Du hast mir gar nichts davon erzählt, wie er aussieht. Ist er groß, klein, dick dünn, alt jung?"
Sie: „Äußerlichkeiten."
Er: „Ist er gesprächig oder schweigsam, offen oder misstrauisch, konservativ oder aufgeschlossen?"
Sie: „Als Restaurator muss er wohl konservativ sein."
Er: „Warum provozierst du mich jetzt, Ludmilla?"
Sie: „Mach dir dein eigenes Bild. Er wird ja gleich da sein."
Er: „Gut gut, ich hätte aber doch gerne jetzt schon eine Idee

davon, was der Mann vorhat. Er hat offensichtlich schon einiges darüber herausgefunden, wie diese Psyche gemacht worden ist. Aber sie ist offenbar nur die Hälfte von einer ursprünglichen Zweiergruppe. Psyche setzt den Schmetterling ihrem Geliebten in die geöffnete Hand. Aber wo ist er, der Geliebte, wo ist der Geliebte geblieben?"

Sie: „Von einer Figur des Amor hat Isenbihl nichts gesagt."

Er: „Aber er muss einmal da gewesen sein, dieser Amor; einmal muss er da gewesen sein, der Liebende. Jetzt ist es doch leerer Raum, in den Psyche ihren Schmetterling setzt, leerer Raum. Wie hat er ausgesehen, dieser Liebende: unmittelbar oder raffiniert, stürmisch oder zärtlich, Trauer im Blick oder ein leicht zu verkennendes Lächeln? Ich kann ihn mir noch weniger vorstellen als diesen Isenbihl."

Sie: „Warum interessierst du dich für eine Figur, die ja doch nicht da ist?"

Er: „Wenn sich Psyche diesem Amor zuwendet, gehört er zu ihr, auch wenn er nicht mehr da ist. Selbst ihr Zerlegewütigen solltet über ihn nachdenken. Wer weiß denn, ob Amor auch antiken Marmor enthielt, ob diese Marmorteile ein Gegenstück zu unseren, ob sie vielleicht nicht entsprechend sogar weiblich gewesen sind – der Gipskünstler hätte in diesem Falle mit der Seele der Geschlechter gespielt."

Sie: „Soll sich der Restaurator Gedanken machen über Dinge, die schlicht und einfach niemand wissen kann, eben weil sie nicht da sind."

Er: „Der Restaurator, der Restaurator, der Restaurator.

Muss denn unsere Psyche überhaupt und in der Tat restauriert werden? So wie sie jetzt im Vestibül steht, ist sie schön. Sie soll es bleiben."

Während Tiburius spricht, ist die Verandatür quietschend aufgegangen. Der Restaurator ist da. Hat er Tiburius' letzte Ausfälle mitgehört? Beide stehen sie betroffen vor ihm. Donner und das scheppernde Verandaglas machen es nur tiefer, dieses Schweigen vor dem Anfang. Das Schweigen vor dem Anfang ist das Verstummen des späteren Lautes. Am Anfang war das Wort. Wir fügen unsere Silben unablässig neu zusammen und sie zerfallen uns im Mund zu unablässig neuer Unverständlichkeit, zerfallen uns allem Anfang zuvor.

Geist und Sitzung

Reglos die Quelle, fühllos das Licht der Nacht, das ihr entströmt.

Rote Kerzen auf hohen Silberleuchtern werfen einen Schein, der auf dem unregelmäßigen Verandaglas hinschwimmt und auf dem weißen Tisch, wo die Leuchter stehen, lange Schatten hin und her vagieren lässt. Kerzenlicht, und doch ist im Raum noch ein Fingerbreit Tag, der das Porzellan der Tischuhr kost und im Lorbeerhain der eingerahmten Landschaft sein Farbenklavier ein letztes Mal anschlägt, bevor er gänzlich vergeht.

Ein Fingerbreit noch Tag. Aber sie sitzen alle schon ungeduldig um den weißen Tisch herum und nicht einmal einer findet Mut, den Docht einer Kerze zu putzen, die auf einem der Leuchter vor ihnen rußig qualmt.

Endlich kommen auch sie, das Ehepaar Niethammer. Die betuliche Spannung in der Gruppe lockert sich ein wenig. Auf wen man gewartet hat, das ist aber nicht so sehr Dr. Severin Niethammer, Besitzer eines kleinen, aber hochspezialisierten Pharmabetriebs, sportlicher, immer gut aufgelegter Mittfünfziger. Die Gedanken hat man sich gemacht um das Ausbleiben seiner Ehefrau, die nun – sie hat einen safrangelben Pelzmantel an – an seinem Arm das Verandazimmer betritt. Leontine Niethammer wird erwartet, weil sie als Medium heute Abend der Mittelpunkt in diesem spiritistischen Zirkel sein soll.

Mittlerweile trifft sich der Zirkel nur noch drei- oder viermal im Jahr. In den Sechzigerjahren, als sich der Kreis gebildet hat, war da allerdings eine ganz andere Art von Leben gewesen als jetzt, wo die Séancen kaum noch mehr sind als gesellige Treffen mit einer Note von mysteriöser Exklusivität. Der einzige, der die Anfangsjahre noch erlebt hat, ist Ludmillas Vater. Im Zirkel wird er sogar als der eigentliche Gründer betrachtet, was er selbst – allerdings mit einem feinen Zucken in den Augenwinkeln – kategorisch abstreitet. Mit seinem gescheitelten Silberhaar sitzt er an der Schmalseite, die zum Garten hingeht, nicht weniger melancholisch als würdevoll – ein abgedankter König.

An der Längsseite haben links von ihm – den Rücken gegen die hintere Fensterwand – Tiburius sowie Melissa und Theo Nolten Platz genommen. Nolten ist Künstler – malt und manchmal wird eines seiner Gemälde tatsächlich auch gekauft – und Melissa ist die „Lebensabschnittsgefährtin", wie Nolten sie gerne vorstellt. Der Lebensabschnitt, den er bis jetzt mit ihr verbracht hat, zieht sich nun schon mehr als zehn Jahre in die Länge. Ihnen gegenüber Ludmilla und Ottomar, Niethammer setzt sich zu ihnen. Ottomar, Halsnasenohrenarzt von Beruf, ein alternder

Junggeselle und – im Geheimen, wie er meint – verliebt in Ludmilla. Als alter Studienfreund von Tiburius kommt er ab und zu überraschend ins Haus hereingeschneit. Tiburius weiß, dass Ottomar in Wirklichkeit nur wegen Ludmilla kommt, ist aber überzeugt, dass sie Ottomars stille Verehrung gar nicht registriert. Darin, im zweiten Punkt nämlich, irrt sich Tiburius gründlich, und das, weil er die Frauen letztlich nicht kennt.

Alle schauen auf das brandrot polierte Clavecin. Das Instrument ist zum Vestibül hin aufgestellt. Dort sitzt Leontine, legt ihre Finger sanft und stumm auf die schwarze Tastatur und schaut hin zu den anderen am Tisch. Ihre Augen wirken wie ... – man merkt, sie ist innerlich weit weg. Das geborene Medium. Der Zirkel verbucht es als Glücksfall, dass Leontine dabei ist. Sicherlich, wenn man sich reihum bei den Mitgliedern zu den Sitzungen trifft, so lässt man gerne den Tisch rücken, lässt ein Pendel über dem Buchstabenalphabet schweben oder wartet auf Klopfzeichen aus dem „Sommerland" – alles Weisen, unverfänglich den Vorhang zu lupfen und dahinter zu lugen. Es genügt aber bei all dem, dass sich die Anwesenden zur Kette zusammenschließen und dabei die Fingerspitzen auf den Tisch legen oder die Hände vereinen. Nur einmal im Jahr tritt ein Medium in Aktion, Leontine Niethammer, die sich dafür zur Verfügung stellt, einmal im Jahr, nicht öfter, das würde sie sonst – sagt sie – energetisch verdampfen lassen: Es ist anstrengend, das mediale Tun.

Dr. Severin Niethammer, Leontines Ehemann, ist aus ganz anderem Material als sie. In dieses Material ist Sensibilität nicht einmal stäubchenweise eingeschlossen. Die anderen sind sich uneinig darüber, warum Niethammer überhaupt am Zirkel teilnimmt, von welcher Sorte denn die Welt sein könnte, zu der er hier Verbindung sucht. Einige – vor allem Ottomar – reden davon, dass Niethammer ein Verhältnis mit Melissa hat. Melissa selbst behauptet aber, dass Niethammer nur deshalb mitkommt, weil er hier auf seine Frau aufpassen will oder besser gesagt aufpassen muss – Melissa lächelt da immer etwas süffisant –, weil er auch Gründe dafür hat. Tiburius als einziger lässt sich nicht in der Überzeugung beirren, dass es ein halbbewusster Drang nach höherer Erkenntnis ist, der Niethammer hierher treibt. Wie man sich bei einem so banalen Menschen – Niethammer ist einer – diesen Drang nach höheren Dingen vorstellen soll, bei dieser Frage muss aber auch Tiburius passen. So bleibt es doch das Wahrscheinlichste, dass Niethammer etwas mit Melissa hat – Melissa, die in ihrer zigeunerhaften Pseudojugendlichkeit hoch hinausstrahlt über die abgespannte Blässe Leontines. Leontine ist keine junge Frau mehr und sie lässt sich das ansehen. Wer sie im Auto oder beim Einkauf beobachtet, würde sie kaum als Schönheit bezeichnen. An Abenden aber wie diesen, wo sie am Clavecin ihre Nerven fiebrig dem Unerwarteten aufschließt, an Abenden wie diesen geht ihre stete Müdigkeit hinüber in ein Lächeln, das jeden an sich zieht und schließlich doch unwiderrufbar abweist – so fremd ist es, dieses Lächeln. Ihr durch und durch silberweißes Haar, das sie hinten mit einer schwarzen Samtschleife gebunden hat – der Kontrast schenkt dem Gesicht einen Teil seiner Jugendlichkeit zurück.

Leontine behält die Finger auf den Tasten so ruhig – ruhiger als überhaupt möglich –, als müsse im nächsten Augenblick das Gegenteil eintreten, als müssten beide Arme konvulsivisch nach hinten ausschlagen, so ruhig. Die Augen richtet sie über das leere Notenpult hinweg wie teilnahmslos immer noch hinüber zur Tischrunde und deren Herrscher, Ludmillas Vater. Der hebt jetzt die Hand, Daumen, Zeige- und Mittelfinger nach oben, und richtet sich behutsam auf. Die anderen tun es ihm nach, nur Leontine bleibt unbewegt sitzen an ihrem Instrument.

„Aus Lichtes Quelle in der umfassenden Intelligenz
Ergieße Licht sich in unsere begrenzte Intelligenz,
Ströme Licht hernieder in alles, was nahe bei uns ist.“

Die gewohnte Anrufung, mit der am Anfang jeder Sitzung Ludmillas Vater als dem Ältesten die Aufgabe zufällt, den Weg frei zu räumen in das Andere.

Jeder schaut verlegen auf seine krampfhaft verschränkten Arme und zusammengepressten Hände. Ludmillas Vater schließt ostentativ die Augen. So wartet man gemeinsam auf die Eingebung. Nach Erledigung dieses einleitenden

Progammpunkts formiert sich die Kette. Man fasst einander an der Hand. Nur Theo Nolten und Dr. Severin Niethammer an den Seiten greifen außen ins Leere, Nolten mit der linken, Niethammer mit der rechten Hand – vorerst. Sie greifen aber weiter aus in den Bezirk des Clavecins und sie umfassen damit auch Leontine, deren Hände immer noch auf den schwarzen Tasten liegen wie zwei übriggebliebene Laibe Brot. Man hat sich an den Händen gefasst, speist seine Sensibilität vom andern her und erlaubt ihr, unduldsam den ganzen Körper hinaufzudrängen. An den Schläfen angelangt, schließt sie alle Lider – und wieder ist es einzig Leontine, die ihre Augen unverwandt seellos offen hält. Und jetzt ist die Reihe an Melissa, sie spricht Beschwörung aus:

„Über der Nordsee liegt ein Tief, das allmählich nach Süden vordringt. Nachmittags zunehmend bewölkt. Aufkommender Regen. Anfangs mäßiger Wind von Nordnordost, in den frühen Abendstunden in Sturm übergehend. Stellenweise heftige Gewitterböen, die zu orkanartiger Stärke anwachsen können …"

Ein Wetterbericht. Obwohl die Beschwörungsformeln von Sitzung zu Sitzung variieren, so eine hat man hier noch nicht gehört. Und doch ist nicht herauszukriegen, wie groß die Verwunderung wirklich ist. Man hat zwar jetzt wieder die Augen aufgemacht. Aber eben um die anderen nichts merken zu lassen, schaut jeder zwanghaft vor sich hin auf das Zentrum des Tisches. Wie betend stehen sie und krampfen gegenseitig die Hände fest. Die Mienen unbewegt

– nur Niethammer kann ein Lächeln schwer unterdrücken. Aber auch bei ihm weiß noch niemand, ob er zynisch sein oder nur seine Verlegenheit verstecken will. Obwohl jetzt keiner zu ihr hinsieht: Die allgemeine Aufmerksamkeit ist stärker als zuvor bei Leontine. Alles wartet auf den Klang des Clavecins, der unter ihren Händen den Schwingungen eines fremden Kosmos untertan werden soll. Leontine hat jetzt den Blick auf ihre Hände und auf die Ebenholztastatur gesenkt, auf die sie die Finger aufgesetzt hat. Auf den Handrücken schwellen blass die Adern wie Schlangen, die ein Gebüsch durchsuchen. Ein Ton aber bleibt aus. Ein Ton bleibt aus. Die Erwartung spinnt sich ins Unwirkliche. Ein Ton – ein Ton, warum hört man nicht einmal ein Knistern?

Um Leontine kommt ein Leuchten auf. Aus ihrem weißen, glatt nach hinten gebundenen Haar bricht ein kaltblaues Licht, tastet sich den ganzen Körper hinunter, um an den Fingerspitzen flammengleich auszuzüngeln. Ein Ton, ein Ton, warum ist es so erbarmungslos ruhig, so ruhig, wie es noch keiner von denen da erlebt hat? Ein Ton – man kann nicht mehr warten. Und mit einem Male reißt das Band der Geburt. Blitze scheinen an den weißen Regalen wider und die rosenfarbenen Reflexe überschütten von Augenblick zu Augenblick das weiße Frauenbild hinten im Vestibül. Geblendet dreht Tiburius den Kopf nach rechts zur Seite und schaut durchs Verandaglas in den Garten. Er kann den Blick nicht mehr zurückwenden, denn draußen webt mondhell Nacht, samten und klar. Erinnerung und

Beschwörung haben mit der Stummheit des Clavecins im Haus Gewitterlichter gezeugt.

Alles Suggestion. Wie aber kann die Marmorstatue im dunklen Vestibül überhaupt sichtbar werden? Oder ist die gläserne Wand, die das Verandazimmer vom Vestibül abtrennt, nur der dunkle Spiegel, in dem das Kerzenlicht Leontines Gestalt verdoppelt hat? So würde sich dann das blassblaue Kleid mit dem rosenfarbenen Spitzenkragen als weiße Nacktheit spiegeln, von der ein weites Gewand faltig nach unten abgleitet. Die Müdigkeit des allmählich alternden Herzens wäre zum Schwung der Jugend, die vornüber gebeugte Sitzgestalt zur stolz aufgerichteten jungen Frau mit blühenden Brüsten verdoppelt. Leontine und Psyche: Sie sind zwei siamesische Schwestern. Und sie tauschen ihre Gestalten. Der Oberkörper, den Leontine vorneigt, verliert für den Augenblick die samtschillernde Stoffverkleidung und die welkende Gebeugtheit. Wie die Blüte einer Margerite entfaltet sich ein Frauenleib zu jugendlicher Nacktheit, vor der zwei Gazellen hüpfen. Dabei mischt sich in den Schnee des Marmors ein Tropfen Rot und läuft heiß über die Haut bis zum lose geschürzten Knoten hinunter, der das klassisch drapierte Gewand nur noch mit Mühe um die untere Hälfte des Körpers hält, um es wie einen ausmündenden Fluss weit über den Boden strömen zu lassen.

Tiburius reibt seine Augen und der Tausch wird rückgängig. Es ist doch die Psyche im Vestibül, die in unberührbarer Blöße das Düster eines unsicheren Kerzenlichts zurückwirft. Und es ist Leontine in ihrem blassblauen Kleid, die am Clavecin sitzt und nun beginnt, die Tasten zu bewegen. Die Harmonien, die sie aufklingen lässt, bleiben gleichwohl ohne sichere Kontur. Nach unerträglichem Verweilen zur Dissonanz entstellt geht die eine regellos über in die nächste, die dann noch länger andauert, um sich immer weiter zu verzerren. „*È una nota d'oro*": Tiburius hört es von weither sagen. Zusammenhanglos folgen die Klangsäulen einander wie hohe Pappeln einer geradegezogenen Allee. Tiburius geht diese Allee hinunter, weiter und weiter. Unter den Schuhen knirscht schwerer Schotter, bis die beiden klingenden Baumreihen in ihrer gleichschreitenden Parallelität schwanken und sich küssen wie ein Kanon zu zwei Stimmen am Schluss. Da fließt die Quelle, die doch unbewegt bleibt. Das Wasser ist so klar, dass die Oberfläche nicht erkennbar ist und man nicht weiß, ob die smaragdenen Libellen, die ihre Flügel glashell schwirren lassen, in der Luft stehen oder tief im Wasser. Auch von den rostfarben schillernden Wasserkäfern, die mit zurückgestreckten Hinterbeinen auf und ab schwimmen, weiß man nicht, ob sie das außerhalb ihres Elements tun, denn die Elemente sind noch ungeschieden. Luft und Wasser sind noch eins. Und doch zeichnet sich auf dem unsichtbaren Wasserspiegel ein Antlitz ab – tief schattenhaft.

Ein Aufschrei von Niethammer weckt Tiburius. Was hat Niethammer weh getan ? Weshalb der Schmerzensschrei?

Alles drängt um ihn, besorgt. Nur Leontine, seine Frau, hat den Schrei offenbar nicht wahrgenommen und bleibt unbeteiligt am Clavecin sitzen. Niethammer verdreht seinen Körper vor Schmerz und kneift die Augen zusammen. Der Mund verzerrt sich und seine sonst nahezu griechische Nase verdichtet sich zum Knollengewächs. Das Gesicht hat grauweiße Farbe angenommen. Endlich fasst Ottomar Niethammers Kopf und besieht ihn sich. „Hinter dem linken Ohr eine rötliche Schwellung. Man sieht deutlich eine Einstichstelle. Von einer Biene. Es ist die typische Reaktion auf Bienengift – Melittin. Sehen Sie selber!“ Ottomar lädt die anderen ein, sich zu überzeugen. „Allergisch“, nuschelt Niethammer durch die zusammengepressten Zahnreihen heraus. ‚Überempfindlich auf Melittin. Ich habe es mir gleich gedacht‘, Tiburius spricht da zu sich selbst.

„Die Schwellung breitet sich rasch aus, wie Sie alle mitverfolgen können. Es gilt jetzt, den anaphylaktischen Schock, der sich anzeigt, in seinen lebensbedrohlichen Auswirkungen zu verhindern. Zum Glück habe ich die Arzttasche dabei, führe sie bei diesen Veranstaltungen immer bei mir. Es ist schließlich nicht das erste Mal, dass einer der Teilnehmer auf unerwartete Weise reagiert“, Ottomar bückt sich unter den Tisch und kramt im Koffer.

Weil bei dem unsicheren Kerzenlicht die Suche erfolglos bleibt, nimmt er die Taschenlampe zur Hilfe, die obenauf liegt. „Adrenalin erhöht wieder den gesunkenen Blutdruck und verbessert die Hirndurchblutung. Gerade hier, wo der

Einstich im oberen Kopfbereich liegt, ist dies entscheidend." Während die anderen ihr Flüstern und Geplapper zur Unruhe verstärken, zieht Ottomar fast unbemerkt seine Spritze auf und hat sie schon dem Patienten in den Nacken verabreicht. Außer Ottomar ist Ludmilla die einzige Person, die noch imstande ist, vernünftig nachzudenken. Eines ist für sie ungereimt: „Eine stechende Biene – wie kann sie jetzt noch unterwegs sein. Es ist Nacht und dunkel. Nicht denkbar, dass da eine Biene herumschwirrt. War das denn wirklich eine Biene, was da unseren Dr. Niethammer gestochen hat?" „Da gibt es keinen Zweifel", wehrt Ottomar ärgerlich ab, „eine derartige Reaktion erfolgt ausschließlich auf den Stich der Honigbiene – ja vielleicht noch Hummel, Wespe oder Hornisse." „Aha. Aber die alle sind nach Sonnenuntergang nicht mehr unterwegs. Wie kann es dann zu dem Stich gekommen sein? Es ist unverständlich, einfach unverständlich." Ottomar sichtlich befremdet über diesen Einwand: „Der Befund beweist jedenfalls, dass hier ein solcher Stich erfolgt ist, und zwar jetzt, bei Dunkelheit." Ludmilla gibt sich ein wenig beleidigt. Ganz so schnell hätte Ottomar ihre Einwände nicht zur Seite schieben dürfen. Ludmilla verärgern, nein das ist das letzte, was Ottomar wollte. Gleich lenkt er ein: „Gewiss, gewiss, es ist schon Nacht und deshalb kann auch keins von diesen stacheltragenden Fluginsekten unterwegs gewesen sein. Es gibt für diese Schwellung deshalb nur eine einzige Erklärung: Autosuggestion. Fälle dieser Art sind auch sonst gar nicht so selten. Professoren erleben so etwas in ihren klinischen

Lehrveranstaltungen immer wieder. Unser Pathologe hatte als Beispiel für Autosuggestion da seine Geschichte von eben so einer allergischen Bienenstichreaktion. Die ist bei einer seiner Hörerinnen spontan aufgetreten während einer Vorlesung, in der es um Insektenstiche und ihre Komplikationen ging – und das mitten in einem Wintersemester – im Wintersemester, hat er dabei kopfschüttelnd wiederholt. Standardgeschichte – war halt schon eine Spur verkalkt, der alte Bruckmüller."

Ottomar hat sich Ludmilla jetzt schon ein wenig geneigter gemacht. Aber sie muss doch noch einmal querschießen: „Alles spekulativ genug, lieber Ottomar. Aber nehmen wir einmal ruhig an, es handelte sich beim Fall dieser Studentin um eine echte Autosuggestion. Dort gab das Vorlesungsthema den Anstoß zur Einbildung. Aber hier, während der Sitzung in unserem Kreis: Woher hätte Niethammer überhaupt die Idee bekommen, sich den Stich einer Honigbiene einzubilden?"

Unerwartet erhält Ottomar jetzt Schützenhilfe von Theo Nolten: „Woher Niethammer die Anregung hat? Sehen Sie sich doch dieses Stillleben an!" Neugierig wenden sich alle Augen auf das große Bild im dunkelblauen Rahmen an der hinteren Wand. Ludmilla, Ottomar und Niethammer – ja, auch Niethammer, es scheint ihm wieder gut zu gehen – , die mit dem Rücken dazu sitzen, renken ihre Hälse aus, um aus dem unsicheren Düster eines Kerzenreflexes die grellgoldenen Lichter eines provenzalischen Mittags zu erfühlen, die ein Maler hier irgendwann seiner Leinwand überantwortet hat.

Nur bei Leontine ist man sich nicht sicher, ob sie weiterhin in Geistesabwesenheit die Augen auf ein Nichts hinter ihrem Notenpult fixiert oder ob sie nicht eher doch unmerklich aus ihren Augenwinkeln nach links auf das Bild hinausschielt, das die allgemeine Aufmerksamkeit auf sich zieht. Sie sehen alle angestrengt dorthin, eben weil es umsonst ist. Ludmilla, verärgert über Theo Noltens Intervention, spricht aus, was die anderen denken: „Lieber Theo, was wollen sie mit diesem Bild? Wer soll denn erkennen, was dort drauf ist? Mit Mühe kann ich da die Blütenblätter einer Sonnenblume enträtseln, so es denn welche sind. Und rechts unten ist die Vorderkante der geflochtenen Sitzfläche von einem Holzstuhl – möglicherweise. Mehr kann man beim besten Willen nicht sehen – und ich habe gute Augen. Wie soll unser Severin Niethammer – er hat ja das Bild dazu noch im Rücken – dadurch auf die Idee gekommen sein, sich so effektvoll den Stich einer Biene vorzumachen?"

„Vormachen ist sicherlich nicht das richtige Wort", Theo wirkt ein wenig besorgt. „Bedenken Sie doch: Wir sind ja alle nicht zum ersten Mal in diesem Raum. Jeder von uns ist doch schon einmal bei Ludmilla und Tiburius zu Besuch gewesen, auch tagsüber. Jeder von uns konnte sich dabei das Bild mit seinen gesamten Details einprägen."

„Konnte, konnte …“, Ludmilla verliert die Geduld, „ich frage Sie: Wer außer Ihnen, lieber Theo, – und Sie selbst sind ja Maler – wird seinen Blick auf so ein Bild verschwenden. Reine Wanddekoration. Schon das Genre, wen reißt das vom Hocker: Stillleben? Der Name ist sprechend: still, reizlos. Und dann der Wortschwanz ‚-leben‘, da ist der Franzose wahrhaftiger: ‚*Nature morte*‘ heißt bei ihm diese uninteressante Rasse von Bildern, ‚tote Natur‘. Unmotivierte Zusammenstellungen von Käsemessern, halbvollen Weingläsern und totgeschossenen Hasen. Sicherlich, das Stillleben hängt da, schon länger. Das wird so zwei Jahre her sein: Tiburius war damals an irgend so einen Antiquar geraten – er ist aus solchen Läden ja kaum wieder herauszubringen –, der ihm das Bild aufgedreht hat, nicht wahr, Tiburius?“ Der nickt nur angeödet. „Und sehen Sie, Theo, nicht einmal ich – und das Bild hängt in meinem Wohnzimmer – könnte Ihnen jetzt sagen, was genau darauf abgebildet ist. Es hat mich einfach nie interessiert. Und Sie werden doch kaum glauben, dass ein Severin Niethammer sich näher damit beschäftigt hat. Und selbst wenn er heute Abend einmal genauer hingesehen hat – wie hat er denn da den Aufhänger für eine solche Assoziationskette finden können? Hier ist es doch viel zu düster dafür.“

Theo, bemüht seine Verstimmung zu kaschieren, lächelt sanft und versöhnlich: „Sie haben ja Recht, Ludmilla. Vermutlich wird sich keiner von Ihnen die Mühe genommen haben, das Bild näher anzusehen. Abgesehen von Tiburius, der ja wohl wissen wird, was er gekauft hat, bin ich wohl der einzige hier, der aussagen kann, dass da hinter dem Stuhl eine halbgeschälte Zitrone auf einem Beistelltisch liegt. Der Schalenstreifen ringelt sich von der Tischkante bis auf den Boden herunter in einem Goldgelb, wie es so leuchtend nur über einem ans Schwarze rührenden Violett gemalt werden kann. Diese mit Licht gesäugte Zitronenfrucht ist übrigens ein Protest gegen das Bildgenre selbst: das Stillleben. Denn nicht allein Sie, liebe Ludmilla" – Theo versucht quer über den Tisch hinweg eine leichte Verbeugung –, „nicht allein Sie vermissen das Leben in diesen Bildern. Die Leblosigkeit ist sozusagen ihr Markenzeichen. *Nature morte*, Sie haben Recht, so heißen sie: *natura morta*. Diderot nennt sie geradezu *nature inanimée* – Natur ohne Seele. Inmitten der Natur ohne Seele also die Zitrone als das Sinnbild ewiger Jugend. Frucht und gleichzeitig Blüte tragen sie nämlich, die Zitrusbäume. Was mich aber jedes Mal wieder überrumpelt, ist die bedingungslose Einfachheit, mit der sich die Dinge hier wie von allein zusammenfügen: Tisch, Zitrone, Flechtstuhl und im Vordergrund die blaudurchsichtige Vase, in der man den dicken Stiel der Sonnenblume noch erkennt. Über allem die Sonnenblüte, die alles durchleuchtet. In ihrer dunklen Mitte hängt die Biene, auf die es uns ankommt."

„Aha, endlich ist die Biene da. Holen Sie nicht zu weit aus, Theo?"

„Auch da haben Sie wieder Recht, Ludmilla. Aber sehen Sie mir das nach. Wir Maler sind eben einmal von Natur aus umständlich. Am liebsten würden wir es ganz umgehen, auf die Sache zu kommen. Aber wozu lasse ich mich jetzt wieder hinreißen? Darf ich mich denn im Anblick dieses Werks selbst einen Maler nennen? Ich wäre ganz sicher, es ist die meistergültige Kopie eines späten Van Gogh. Nur: Das Goghsche Original gibt es nicht." Der Maler wirft einen bedeutenden Blick auf Tiburius, der die versteckte Frage, wo das Bild nun wirklich herkommt, gekonnt ignoriert.

Wieder will Ludmilla dem Maler in seinen leicht gebeugten Rücken fallen: „Sie geben also selbst zu, dass keiner von uns sich auch nur irgendwie mit dem Bild beschäftigt hat, geschweige denn die beiden Bienen ausspähen konnte, die sich dort in der Sonnenblüte verkriechen. Und da sollen sich unserem Severin Niethammer die zwei beinahe unsichtbaren Bienen so tief eingeprägt haben, dass die Erinnerung sich zu einem klinisch messbaren Insektenstich ausgewachsen hat? Er hat sie doch gar nicht wahrnehmen können."

Theo gibt sich salbungsvoll: „Er hat sie wahrgenommen, aber nicht, wie Sie das kennen. Gerade deshalb hat er sie im eigentlichen Wortsinn *wahr* genommen. Und Sie wissen vielleicht, dass die Wahrheit Verletzungen zufügen kann, wie es auch hier geschehen ist. Mein bester Beweis ist, dass auch Sie, liebe Ludmilla, die Bienen *wahr* genommen haben – wir hoffen ohne Verletzung. Denn sehen Sie: Als ich dieses Bild durch mein Schildern aus der Düsternis nahm, sprach ich doch nur von einer einzigen Biene, von der, die schwarzgelb in aller Deutlichkeit an der Blüte hängt. Dass noch eine andere, verdeckt, gar nicht mehr sichtbar zwischen den Blütenblättern kriecht – man kann das nur mit der Lupe erkennen – das wollte ich eben noch dazu bemerken. Sie, liebe Ludmilla, haben diese Beobachtung vorweggenommen. Haben Sie jetzt an sich selbst den Beweis dafür, wie präzis sich im Speicher unseres Gedächtnisses Eindrücke weitab vom Bewusstsein festsetzen?"

Ottomar schaltet sich wieder ein. Er hat den kritischen Blick des Mediziners aufgesetzt, späht durch die Nickelbrille. Theo Noltens Intervention gibt ihm, glaubt er, das Recht, Ludmilla herzhafter und doch straflos zu widersprechen – auch er wird die Frauen nie kennen: „Was Theo von seinen künstlerischen Erfahrungen her weiß, ist eine Ergänzung zu dem, was ich sagen wollte. Vielleicht haben wir ja alle unsere unbewussten Wahrnehmungen von diesen Bienen zu einer kollektiven Suggestion gebündelt und diese unserem Severin übertragen. Aber gehen wir an dieser Möglichkeit ruhig vorbei. Fragen wir ihn selbst: Severin." Ottomar schaut beschwörend Niethammer an, wie er neben ihm sitzt und wieder einigermaßen beruhigt aussieht. „Severin, kannst du dich erinnern, dass du dieses Bild einmal näher angesehen hast?" Niethammer hat sich aber irgendwie doch nicht so ganz eingekriegt – oder kündigt sich ein neuer Anfall an? Er scheint gar nicht zu hören. Jedenfalls sagt er nichts, krampft sich auf seinem Stuhl zusammen wie ein Papagei auf der Stange und starrt auf Melissa schräg gegenüber. Auch die hat ihre großen Augenlider aufgespannt, aber hin zum Clavecin und zu Leontine. Und dann geht ein Frösteln ihren ganzen Körper entlang, so wie ein rascher Windhauch den stillen Spiegel eines Weihers aufrauht.

Theo hat wieder das Wort an sich gerissen und ergießt sich – keiner möchte ihm eigentlich zuhören – in nähere Erläuterungen zum malerischen Stil: „Pure Farben ungemischt von der Palette. In ihrer erbarmungslosen Reinheit zaubern sie der Natur ein Fremdsein an. Ein Anderes wird deutlich. Dieser Zauber ist eigentlich typisch für Van Gogh. Der entleiht ja auch seine Selbstporträts nicht mehr dem Spiegel wie die Maler vor ihm. Für Vincent ist Selbstdarstellung Erweiterung der Persönlichkeit – sagt er irgendwo –, nicht Wiedergabe. In diesem Stillleben ist die Natur der toten Dinge zu einem Anderen hin erweitert. Kein Abbild mehr, sondern selbst Wirklichkeit, in der wir uns befinden, gleichgültig, ob wir für Malerei als solche Verständnis haben oder nicht. Es ist jetzt zu dunkel. Sehen Sie aber später einmal etwa auf die vielfältigen Wendungen und Drehungen in den gedrängten Blütenblättern auf dieser Sonnenblume, wie die einen aufgestellt, andere aneinander oder dem Blütenboden angedrückt sind – ein Wald, über den ein Sturm hinweggeht. Dann werden Sie auch sehen, dass sich unsere Bienen mit ihren behaarten Beinen festklammern, um nicht fortgeblasen zu werden. Da fühlen wir den frostigen Windhauch, der durch das offene Fenster vom tiefen

Azur her die große Blüte abschreckend liebkost, beinahe selbst frierend auf unserer Haut."

„Ein Fenster steht offen", ruft Melissa, „mach doch einer dieses Fenster zu! Es zieht eisig von draußen herein. Mich friert an den Schultern." Niethammer, wieder ganz beweglich, steht auf, nimmt von ihrer Stuhllehne den weitmaschigen weißen Schal und legt ihn ihr mit väterlicher Geste über die elfenbeinernen Schultern, die das schwarze Abendkleid preisgibt und dabei dezent schamlos den Ansatz der Brüste verrät. Melissa scheint aber nur noch mehr zu frösteln, seufzt weinerlich auf. Aber das Fenster kann keiner schließen – es steht nirgendwo ein Fenster offen.

„Ich spüre, ich sehe", Melissas Stimme tönt blechern, jetzt wo ihr Mund eruptiv wie ein Vulkan heiß ausspuckt, was sie spürt und was sie nicht spürt, was sie sieht und was sie nicht sieht: „Es ist kein Luftzug von draußen, was mich frieren lässt, etwas wie eine helle Wolke, hell aber unsichtbar – bei Tiburius –, fasst mich an beiden Schultern, kalt." Anstatt zu erschrecken, atmet alles auf. Wenn auch aus unbefugtem Mund, nun doch endlich die ersehnte Offenbarung aus dem Geisterreich. „Die Wolke löst sich von Tiburius, steigt auf, wandert hinter mich – ich spüre sie, ich spüre sie wie einen Schneewind im Rücken – weiter und weiter, hüllt milchig das Clavecin ein. Und jetzt: Die gestaltlose Gestalt lässt sich vor der schwarzen Klaviatur auf den Hocker nieder, dort, wo Leontine sitzt. Aber Leontine ist nicht mehr da. Wo ist sie? Bist du neben mir, Leontine? Ich sehe dich, aber milchig. Du lehnst dich an Tiburius. Und du, Tiburius, sitzt neben mir. Aber wie? Du bist es doch auch, Tiburius, du bist auch die gesichtslose Wolke, die jetzt am Clavecin sitzt. Ich spüre es, ich weiß es. Du bist das, Tiburius, das Gesicht ohne Gesicht, die Gestalt ohne Gestalt, die da ein Menuett spielt ohne Klang. Und du Gesichtsloser bist auch der, der mit scharfgeschnitzer, hochgeschürzter Nase am Tisch sitzt direkt neben mir in olympischer Weisheit und selbstgefällig mit überlegenem Auge dorthin schaut, wohin wir anderen alle uns furchtsam und mit vorgestrecktem Hals wenden: zum wesenlosen Wesen, das sich am Instrument zu schaffen macht, ohne etwas zu schaffen – ein Menuett. Dass nicht alle tanzen nach seinem Menuett! Aber man hört es ja nicht. Es sind Töne, aber nicht Töne, die man mit dem Ohr hört. Wir hören die Töne, aber mit welchem Organ?"

Die am Tisch horchen auf. Nein, zu hören ist nichts. Man wird unruhig. „Die Geisterbotschaft der Töne, Melissa überbringt sie uns", der hochgespannte Ottomar wagt, in Melissas Offenbarung hineinzureden. „Denken Sie das nicht", herrscht Theo ihn mit unterdrückter Stimme an, „diese Töne kommen nicht von außen oder gar von oben. Es ist der eigene innere Klang, der ungehört immer in uns schwingt, und den sie jetzt für diesen Augenblick wahrnehmen darf." Er gibt den beiden bemühte Handzeichen, still zu sein. Und es ist still.

Jetzt ein Winseln: Theos Foxterrier. Jeder kennt Trolli, keiner achtet auf ihn. Theo Nolten hat den Hund fast immer bei sich wie seinen Schatten. Meistens rollt Trolli sich auch gleich unter dem Tisch an Theos Füßen zusammen und schläft. Jetzt hat er sich zwischen den weißen Hängequasten des Tischtuchs hervorgeschlichen. Noch während Melissa spricht, setzt er sich auf die Hinterbeine und lässt die Ohren rasch vor- und zurückspielen, die Augen starr und mit angstvoll wütendem Blick hin auf den Platz hinter dem Clavecin fixiert. Inmitten der Stille richtet er sich mühsam auf und bleibt mit gesträubtem Fell, dem gleichen wilden Blick stehen. Nun bemerkt man ihn. Alle sehen auf ihn. Er legt den Kopf zurück und fängt an, schluchzend zu heulen. Theo steht auf und geht zu seinem Hund. Er wagt nicht, ihn anzufassen, beruhigt ihn mit leisem Zureden, bis das Heulen aufhört. Es ist wieder still. Es ist still.

Was hat der Hund gesehen? Was hat ihm solche Angst gemacht? Hat er eine Erscheinung wie Melissa? Tiburius schaut unwillkürlich genauer zum Clavecin hin. Aber dort sitzt immer noch Leontine unbewegt auf ihrem Klavierhocker. Von einer Wolke, einem Phantom – mag man das nennen, wie man will –– hat Tiburius nichts bemerkt, weder dort am Clavecin noch neben sich am Tisch. Melissa hat sich alles eingebildet – aus Aufregung, weil Niethammer aus den Latschen gekippt ist. Dann ist vielleicht doch was dran, dass zwischen den beiden etwas ist. Hat vielleicht Niethammer bei diesem mysteriösen Insektenstich einfach hysterisch reagiert, weil er über den Tisch ansehen musste, wie Melissa und Theo als Paar zusammensaßen? Andererseits: Tiburius hat doch deutlich durch die Lupe in Niethammers Haut den Bienenstachel gesehen hat. Er überlegt nicht weiter.

Leontine sitzt immer noch an den Ebenholztasten, die weißen Haare mit schwarzer Samtschleife gebunden. Sie sitzt da, teilnahmslos wie bei allem, was in diesem Raum vor sich gegangen ist – Niethammers Insektenstich, Melissas Prophetenrede und dem Höllenauftritt von Foxterrier Trolli. Aber jetzt ist es still. Stiller. Die Stille ist zur Leere geworden. Schweigen im Anfang. Und aus ihrer Teilnahmslosigkeit heraus beginnt Leontine mit ihrem Spiel – mitten in der Leere.

Tiburius versteht nichts von Musik. Das Stück klingt ihm nach Bach oder Mozart. Obwohl Leontine immer noch unbewegt dasitzt – auch am weißen Haarzopf und der Samtschleife rührt sich nichts, aber es ist ja zu dunkel, um das deutlich sehen zu können – ist der Ton alles andere als zart: Er ist scharf, die Akzente hart und hammerartig. Melissa und Niethammer stehen auf und tanzen, beschwingt und doch mit großer Behutsamkeit, so als wollten sie die Wucht der Musik abmildern. Nur ihre Hände berühren sich und nur über die Fingerspitzen, die nicht nur einander, sondern auch den umgebenden Raum abtasten. Die Hände halb geöffnet mit einer Feinheit, die man bei Melissa nicht kennt und schon gar nicht an Niethammer. Dem merkt man auch nichts mehr an von seinem Zusammenbruch. Der Schock scheint ihn eher verjüngt zu haben. Und Melissa: Ihr prophetischer Krampf hat sich aufgelöst, als hätte es ihn nie gegeben. Sie ist wieder die alte – nur diese gezierte Vornehmheit kennt man nicht an ihr. Eigenartig, dass sich niemand besonders um die beiden kümmert. Tiburius ist der einzige, der hinschaut. Ottomar, der jetzt aufsteht, um etwas zu sagen, dreht sich nicht einmal nach ihnen um. Ottomar glaubt, dass man ein Resümee von ihm erwartet. Er betrachtet die Situation als die seine und schaut zwischendurch immer wieder Ludmilla an, versichert sich ihres Wohlwollens.

Ottomar, sonst gerne versteckt hinter der Maske eines distanzierten Medizinerzynismus, versteigt sich jetzt zum weihevoll-priesterlichen Ton: „Ich glaube, unserer Melissa ist vergönnt worden, einen Blick hinter den Vorhang zu tun, einen Blick in die Welt, die wahrer ist und näher als unsere eigene und die wir, eben weil sie zu nahe ist, aus Weitsichtigkeit nicht sehen. Melissas Augen waren heute Abend begnadet. Was für eine Begnadung auch für uns, die an ihrer Schau teilhaben durften. Sie hat gesehen mit den Augen ihres Herzens. Wir waren blind für das Eigentliche. Keiner von uns hat etwas von dem wahrgenommen, was sie uns mitgeteilt hat. Es ist doch so“, Ottomar blickt in die Runde, wie um zu fragen, aber Widerspruch bleibt natürlich aus. „Dabei haben wir den klaren Erweis dafür, dass ein anderes Wesen hier im Raum gewesen ist: Theos Hund Trolli hat es erfühlt. Die animalische Kreatur trägt ja noch die Erinnerung an die Zeit des Anfangs in sich, Zeit ohne Zeit, wo die Sinne noch nach oben geöffnet waren. Seht ihr, er hat seine Haarspitzen immer noch wie elektrisch nach oben aufgestellt. Ein Tier lässt sich nichts suggerieren." Ottomar schielt für einen Moment zum walzenden Niethammer hinüber, „wir waren alle Zeugen übergewöhnlicher Vorgänge."

Ottomars Wortgebell ist nicht umsonst. Man ist einfach erfreut, nachdem man sich in der Serie von Abenden die Phänomene an den Haaren hatte herbeiziehen müssen, dass endlich Übernatürliches greifbar geworden ist. Rege Zufriedenheit verbreitet sich, ein Murmeln kommt auf und schon ist laute Unterhaltung im Gang, bis Ludmillas Vater aufsteht mit einer stummen Handbewegung. Man hat es in der Aufregung vergessen. Es ist ja in diesem Kreis so üblich, dass man nach dem – sonst meist schlecht gelungenen – Kontakt mit der Geisterwelt noch eine Viertelstunde lang schweigend am Tisch sitzen bleibt, um über das Erfahrene zu meditieren und sich selbst ‚zurückzuholen'. Gezwungen und unaufmerksam genug – wie schön wäre es, wenn man alles gleich bereden dürfte – hält man das Ritual durch. Tiburius stellt fest: Das Tänzerpaar Melissa-Niethammer hat sich wieder gesetzt. Auch Leontine – er hat gar nicht gemerkt, dass sie vom Instrument aufgestanden ist – sitzt nun an ihrem Platz am Tisch: an der Schmalseite bei Ludmillas Vater. Der gibt endlich das ersehnte Zeichen und löst das Schweigen. Während aber in der erzwungenen Stille jeder den Drang hatte, wie ein rauschender Gebirgsbach mit Lust in das seichte Geplätscher des Flachlands sich auszubreiten, fällt das pflichtgemäße Plaudern jetzt schwer. Man drängt zum Aufbruch, bewegt sich unter Verbeugen zum Korridor, wo die Garderobe hängt. Dort, wo man sich gegenseitig in Mantel oder Jacke hineinhelfen kann und die geistverbundene Gegenkontrolle nicht mehr spürt, ermuntert man sich wieder zu Komplimenten, kultivierter Geschwätzigkeit.

„Es geht nun wieder besser, Herr Dr. Niethammer, nicht wahr?“ Ludmilla fragt zuversichtlich, aber jeder sieht: Niethammer, der den rätselhaften Bienenstich so schnell vergessen hat, wirkt jetzt doch nicht so richtig in Ordnung. Ludmilla, die ihm in seinen Trenchcoat hilft, tut sich schwer, seinen rechten Arm in den Innenärmel zu bekommen. Die ganze rechte Seite ist bei ihm irgendwie krampfhaft verdreht. Er geht und zieht den rechten Fuß nach – nicht zu übersehen, aber er bemüht sich, das zu überspielen: „Ich merke gar nichts, sicher. Hat doch alles dramatischer ausgesehen, als es war.“

Auch ein anderer kaschiert etwas: Ottomar, der sich angelegentlich mit Melissa unterhält. Wenigstens entgeht es Ludmilla nicht, dass Ottomar die ganze Zeit über aus den Augenwinkeln heraus auf Niethammer schielt. Er hatte sich doch vorher so bemüht um Niethammer und seinen

Insektenstich gekümmert. Warum hält er jetzt von seinem Patienten Abstand und kann sich doch nicht verkneifen, insgeheim ein Auge auf ihn zu haben? Melissa merkt vielleicht, dass ihr Gegenüber innerlich bei einer anderen Sache ist. Ihre aufgespannten Augen wandern. Ihre Sprachmelodie geht hastig und manchmal wie abgerissen. Dass Ottomar, während er mit ihr spricht, mit den Anomalien in Niethammers Bewegungsapparat beschäftigt ist, das hindert auch sie an der Anteilnahme am eigenen Tun, am Gespräch. Nun ist es in jedem Fall misslich, von dem, was man tut, innerlich weit weg zu sein, auch beim Nebensächlichsten – auch die Nebensache ist Sache.

Dabei schürft Ottomar die tiefstliegenden Fragen an. Wenn Melissa sich gefasst hat und zu einer Antwort ansetzt, hört er schon nicht mehr hin. Von wo aus eigentlich, gewissermaßen mit welcher Körperpartie sie, Melissa, die düstere Lichtgestalt wahrgenommen habe? Ob sie selbst während dieses Wahrnehmens sich innerhalb des eigenen Körpers empfunden habe oder außerhalb von diesem? Wann und wie sie erkannt habe, dass das wandelnde Phantom, nicht aber die im Kreis weiterer Marionetten tagende Tiburius-Marionette der wahre Tiburius wäre? Ihre Antworten lassen sich nur schwer zusammenfügen. Das andere Licht, das Melissa eben aufgegangen war, ist ja auch schon wieder verloren. Sie muss das nicht mehr Gefühlte wiederholen. Aus Verlegenheit schnalzt sie mit der Zunge. Dabei ist Ottomar schon längst nicht mehr am Reich des

Unsichtbaren interessiert. Er will wissen, was Niethammers Insektenstich macht. Erst recht will er wissen, ob Ludmillas Interesse an Niethammer darüber hinausgeht, ihm freundlich in den Mantel zu helfen. Weil Ottomar also auch sie beobachtet, kann Ludmilla vice versa den versteckten Blick von ihm auffangen. (Dem Spion entgeht es meistens, wie er sich selbst entblößt vor dem Menschen, den er observiert.)

Man hat sich angezogen und geht. Theo, nach seinen Ausbrüchen jetzt eher etwas abgeschlagen, fasst Melissa unter ihren Blazer um die Taille. Zwischen den weißen Lichtern der Apfelblüte verliert sich das Paar in der allgemeinen Nacht.

Mit melancholischer Vornehmheit verabschiedet sich Leontine. Ein Lächeln, in dem Höflichkeit und Verlegenheit ineinander verquirlt sind wie eine Öl-Wasser-Emulsion. An Niethammers Seite geht sie durch den kleinen Garten vor dem Haus: ein distinguiertes, aneinander gewohntes und sich immer noch zugetanes Ehepaar. Auf den Steinstufen, die zur Straße hinunterführen, und als sie dann in den Wagen einsteigen, umfasst Leontine ihren Mann eng und fest mit dem ganzen Arm. ‚Sie hilft ihm', denkt Tiburius, der sie beobachtet, ‚sie muss ihm helfen. Niethammer ist seelisch labil und körperlich von diesem eigenartigen Insektenstich immer noch sehr mitgenommen. Es ist natürlich, dass er in diesem Zustand jemanden braucht, der ihn festhält.'

Jetzt, wo Niethammer gegangen ist, wird Ottomar lebendig, spritzig. In leichtem Ton macht er Ludmilla Komplimente über das sommerliche Kleid, die Blumenblüten darauf, den Schal, die Atmosphäre des ganzen Abends (wofür eigentlich weder Grund noch Anlass da ist). So ist sonst nur einer, der eine Flasche Sekt auf einen Zug leer gemacht hat. In dieser unangebrachten Laune geht als letzter auch Ottomar in die Nacht.

Benommen sehen Tiburius und Ludmilla einander an. Wie auf der Flucht beeilen sie sich wieder zurück in den Gartensaal. Musik strömt ihnen entgegen. Ludmillas Vater sitzt am Clavecin und fantasiert in der Manier von Chopins Nocturnes selbstverloren und provokant.

Ludmillas verhangene Augen entschleiern sich: „Wie befreiend, wie lösend! Endlich, endlich jemand an diesem Instrument, der sich getraut, es anzufassen. Ich bin ja jeher schon dagegen gewesen, Leontine Niethammer zum empfindsamen Ätherwesen hochzustilisieren, das mit rosigen Nervenenden die Oszillation des anderen Daseins einatmet. Es tut mir leid, dass ich das sagen muss, weil ich sie eigentlich gerne mag: Leontine Niethammer ist nicht hypersensibel und geistgetrieben, sie ist – wie gesagt, es tut mir wirklich leid – sie ist nur, sagen wir, langweilig, nichts anderes. Und warum setzt man immer nur sie ans Clavecin? Damit ihre empfindsamen Fingerkuppen die höheren Botschaften für uns ins Hörbare übersetzen? Was ist aber unter dem Strich dabei herausgekommen? In den vergangenen Sitzungen immerhin irgendwann das obligate Menuett von Haydn in D-Dur. Sonst nichts. Aber das hat sie dann wenigstens noch nach einem langen Abend gespielt, an dem sie – und wir alle hörten immer angestrengt hin – steif und apathisch dagesessen war. Überhaupt: Diese Frau ist doch ohne Leben. Und alle hören immer angestrengt zu ihr hin. Und immer nur das schmalbrüstige Menuett. Lieblich, ohne Frage. Aber das sind Reminiszenzen an die Klavierstunde, keine Herabkunft höherer Erkenntnis in Klanggestalt. Wie gesagt, ich mag sie. Aber warum ihre begnadeten Finger heute Abend nicht einmal mehr in der Lage waren, ihr anspruchsloses Stück abzuleiern, das bleibt unerklärbar. Vermutlich hat es sie gestört, dass Melissa die Inspirierte und auf einmal selbst das Medium war. Es ist doch so: Leontine kann es nicht vertragen, wenn ihr eine andere die Show stiehlt. Egal. Jedenfalls mit oder ohne Menuett: Diese Frau – so wie sie sich durch nichts ins Schwingen bringen lässt, so bringt sie selbst nichts ins Schwingen. Es fehlt ihr nicht nur der Charme, sondern auch der Geist. Ich weiß nicht, was ihr alle mit ihr habt."

Tiburius ist zweifach überrascht. Zuerst: Wie kommt Ludmilla dazu, derart ausfallend zu werden und über Leontine herzuziehen? Bis jetzt hatten die beiden Frauen doch kaum etwas miteinander zu tun weder im Guten noch im Schlechten. So weiß er es jedenfalls. Er könnte sich da natürlich auch täuschen. Da muss es doch zwischen den beiden Frauen eine nähere Verbindung geben und in die hat sich eine Störung eingeschlichen. Über einen Fernstehenden spuckt man nicht so viel Gift aus, eigentlich nicht. Oder ist es eine Rivalität aus der Ferne? Empfindet Ludmilla ihre eigene Unterlegenheit gegenüber der schweigsamen Vornehmheit der anderen, gegenüber Stille und Zurückgenommenheit, gegenüber den zarteren Farben? Dann kann ihr aber auch nicht entgangen sein: Tiburius weiß ebenfalls, dass hier ein Rangunterschied besteht. Da sind Ludmillas verdeckte Ängste und Aggressionen. Aber mehr noch plagt er sich mit einer anderen Ungereimtheit: Hat Leontine heute Abend das Clavecin wirklich gespielt oder nicht? So wie Ludmilla es darstellt, hat Leontine während der ganzen Sitzung das Instrument ja nicht einmal angerührt, saß nur davor. Tiburius aber hat sie heute Abend zweimal spielen gehört – kein Zweifel – und zweimal in betörender Tiefe.

Ludmilla streicht dem Vater zärtlich über das weiße Haar: „Wie lange ist das schon her, dass du wieder einmal spielst, Papa? – und nicht einmal auf dem Klavier, das du oben hast, sondern auf diesem Instrument, das eigentlich dafür reserviert ist, Stimmorgan für fremde Wesen zu sein.“

Der alte Mann steht auf und schaut ins Düster des Gartens: „Unser Weg ist der des Wassers, aber nicht ein Weg ins Meer, sondern der zur Quelle zurück. Von der Quelle ins Meer gingen wir zu anderen Zeiten. Ich selbst merke, dass ich auf der Straße schon recht weit gekommen bin. Wie lange ist es her, da stand ich nach einer unserer Sitzungen ganz nahe am Verandaglas – so wie jetzt. Es war keine Mondnacht, keine Gewitternacht, es war eine Nacht stumpf wie grauschwarzer Samt, in den die Stille eines bedeckten Abendhimmels übergegangen war. Eine Nacht, stumpf wie die von heute. In der stumpfen Nacht von damals – es ist nicht einmal so lange her – sah ich sie zum letzten Mal hinter dem Verandaglas im dunklen Garten stehen, die große Hortensie, die aus sich selbst leuchtet wie eine tagblaue Laterne." Wesentlicher als die blumenhafte Reminiszenz des Schwiegervaters ist für Tiburius aber die Frage: ,Wie war eigentlich das Wetter heute Abend?'

Der Vater hat sich in Begeisterung geredet: „Die Hortensien leuchten nicht mehr. Ich weiß schon, es liegt an meinem Alter. Die Zeit ändert sich, wir selbst so gut wie gar nicht. Heute war die Zusammenkunft nicht weniger stumpf als der Nachthimmel. Aber es ist doch so: Das Reich des feinen Stoffs wird nicht mehr gefühlt, ist fern, aber nur, weil wir es nicht sehen. Auch ich sehe sie nicht mehr, die tagblaue Hortensie. Unser Sternenkörper, der das Gefährt des Geistes ist, findet nicht mehr zurück zum großen Lichtäther, der die Welt bewegt. Das Fenster ist zu. Und es gibt sie nicht mehr, die Medien, die es einen Spalt weit öffnen könnten. So heute Abend. Melissa: Was hat sie uns vorgesetzt? Ein manisch-depressives Melodram. Und die Niethammer? Fad und säuerlich wie immer ist sie am Instrument gesessen und war – noch lächerlicher – nicht in der Lage, nur einen einzigen Ton anzuschlagen. Aber was wollen wir? Sie ist eine Frau ohne Schwingung und Ton." Schweigend schaut er noch einige Minuten lang durch das Verandaglas in die Nacht. Sein Gesicht ist ganz offen: Mit einem Mal ist er müde geworden.

Um in das obere Stockwerk zu kommen, wo er seine Wohnung hat, muss er erst durch das Vestibül und über die Marmortreppe. Dort ist es vollkommen dunkel. Er kann den Lichtschalter nicht ertasten und schlurft verdrossen auf und ab im Vestibül, bis Tiburius kommt und ihm Licht macht. Ludmillas Vater hat sich im Dunkeln den Kopf angeschlagen. Während er nach oben steigt, richtet er seinen Verdruss, weil er nichts Besseres dafür hat, gegen die Statue, die unten mit pupillenlosen Augen ins Nirgend schaut: „Wegen der hätten wir das Licht ruhig auslassen können. Ist das ein Frauenkörper? Kalt und weiß, mit Desinfektionsseife abgeschäumt. Und dabei nicht einmal echt! Stückwerk, nur Stückwerk – und bildet sich ein, das Vollkommene zu sein." Mit Hingabe brummelnd zieht sich der alte Mann nach oben zurück in sein Schlafzimmer.

Nature morte mit Zitrone

nimm dies, der stoff ist mannigfaltig,
lasur am weinkrug eisenhaltig.
nimm dies, das fleisch der aprikose,
ein schüsselchen mit konfitüre,
darin ein silberlöffel steckt,
die aufgebrochne auster – reine pose,
doch einer, der sie fortwiese, erführe
der toten dinge apotheose.

ich kann sie nicht verneinen, weil ich noch zu sehr
des sauers und des blonden gelbs bedarf,
dem seine rundung selbst misslingt.
ich kann mich nicht verweigern. ungefähr
ein quentchen safran, rostig scharf
das käsemesser. körperlos erklingt
geläute,
engumsponnene gitarrensaite.
nimm dies und gib was dein ist,
gib uns heute.

Ludmilla und Tiburius

Tiburius und Ludmilla sind allein zurückgeblieben, stehen jetzt im Saal. Das Vestibül ist immer noch voll erleuchtet. Mit einem Blick auf die Statue, im Ton kaum eine gewisse Verachtung unterdrückend, Tiburius: „Diese Äußerung eben von deinem Vater über unsere Psyche macht mich traurig. Er wird älter und die Dinge, die er sagt und tut, legen einen grauen Schleier über das strahlende Bild, das wir alle von ihm haben. Und es ist jetzt auch nicht das erste Mal, dass in seinen Bemerkungen geduckte Lüsternheit und leise Frauenverachtung durchkommen." Ludmilla zurückhaltend und monoton: „Seine Ehe mit Mutter war sehr glücklich. Er wollte sich eben nur ein bisschen darüber lustig machen, dass wir die Statue restaurieren wollen. In seinen Augen lohnt das nicht. Er hat auch, glaube ich, etwas gegen Herrn Isenbihl."

Tiburius, erfreut: „Ist Vater gegen das Auseinandernehmen?"

„Irgendwie auch nicht. Es ist einfach so, die Statue selbst hat ihm von Anfang nicht gefallen. Für ihn ist sie unschön, das ist alles. Ihn stört schon, dass er jeden Tag an ihr vorbeigehen muss. Er meint, wir nehmen sie zu wichtig."

„Ich sehe bei deinem Vater – ich fürchte es – , dass er immer mehr zum Eigenbrötler wird. Das fällt mir auch bei den Sitzungen auf. Eisern hält er da an der Vorstellung fest, die man vor fünfzig Jahren von einer Séance hatte: Geisterbeschwörung pseudoromantisch. Und der Kreis macht es ihm zuliebe mit. Es liegt aber wohl nicht allein an ihm. Der ganze Spiritismus hat sich im Grunde genommen schon lange überlebt. Warum, frage ich, hat sich auf unseren Sitzungen der letzten Jahre so wenig – eigentlich gar nichts – ereignet? Es ist auch heute so gewesen. Melissas Auftritt – da muss ich deinem Vater Recht geben – war eine Inszenierung. Unter der Geschichte von dem Phantom wollte sie nur verdeckt und doch vor allen offen ihr Verhältnis mit Niethammer in Szene setzen. Dieses Verhältnis ist für sie offenbar unbefriedigend, und da musste sie sich mit dieser hysterischen Attacke ein Ventil schaffen. Wenn Niethammer mit ihr so unsensibel umspringt, wie er auch sonst ist, kann ich sie da verstehen."

„Hast du jetzt auf einmal etwas gegen Niethammer? Sonst warst doch du derjenige von uns, der ihm partout wenigstens ein Fünkchen Geist zuerkannt hat. Jetzt hat dieser rätselhafte Bienenstich heute Abend wirklich bewiesen, wie dieser Mann hochempfindsam und auf besondere Weise nach oben offen ist. Er hat als erster von allen mit dem Kosmos Kontakt aufgenommen."

„Mit welchem Kosmos? Allergische Reaktion, psychosomatisch, Symptom von Problemen einer versteckten Beziehung – Melissas Schreierei kam ja gleich danach. Ansprüche, von denen er nichts wissen will. Melissa übt auf ihn Druck aus. Er fühlt sich erpresst. Einstich, Schwellung, Rötung, klar. Die Körpersprache ist dabei ja deutlich genug. Stich und Reaktion im Ohrbereich: Niethammer kann Melissas Sticheleien nicht mehr hören. Er wehrt ab, das ist es."

„Wenn deine psychosomatische Theorie stimmen sollte, hätte doch eine simple Rötung genügt. Ottomar hat die typischen Anzeichen von Bienengift festgestellt – und zu der Uhrzeit ist keine Biene mehr unterwegs. Es ist doch offensichtlich, dass da eine höhere Wesenskategorie wirksam geworden ist."

„Wenn die Seele genügend Druck macht, ist der Körper zu allem in der Lage, und am liebsten verstellt er sich. Und wenn hier der Stich einer Biene simuliert wurde, dann ist die Verursacherin sogar direkt mit Namen genannt. Melissa ist im Deutschen ja die Biene. Niethammer fühlt sich von der surrenden Biene Melissa giftig verletzt."

„Jetzt traust du ihm wieder zu viel zu. Woher soll Niethammer wissen, was hinter dem Namen Melissa steckt? Nach etymologischen Studien sieht der Mann ja wieder nicht aus."

„Meinst du? Dazu braucht man schließlich keine Philologie. Man kann doch von Melissa selbst erwarten, dass sie die Bedeutung ihres Namens kennt. Sie wird es ihm einfach gesagt haben. Er war es dann, der mit der Zeit in Erfahrung gebracht hat, dass Bienen nicht nur Honig für uns sammeln, sondern auch einen Giftstachel haben. Niethammers Schock beweist eindeutig: Es war eine psychosomatische allergische Reaktion. Es ist Melissa, auf die er allergisch reagiert. Und die explodiert, bricht in exaltiertes Gestammel aus. Die beiden rühren in einem Dauerkonflikt und der ist heute Abend aufgekocht. Dass sie sich dann wieder von ihrem Verhältnis nichts anmerken lassen dürfen – oder wollen, ich weiß ja nicht, was Theo und Leontine da denken –, das garantiert natürlich für Höchsttemperaturen."

Ludmilla muss hier zustimmen: „Ist es dir auch aufgefallen, dass die beiden in Gesellschaft immer auf Distanz sind, man sieht sie nie beieinander. Heute Abend war es geradezu lächerlich, hast du das bemerkt? Sie taten ja so, als würden sie sich kaum kennen."

Tiburius stutzt, hakt aber nicht nach, um nicht etwa durch eine Frage einen Schimmer aus seinem verschlossenen Innenraum herauszulassen. Aber was Ludmilla eben bemerkte, lässt keinen Zweifel übrig: Dass er Melissa und Niethammer miteinander tanzen gesehen hat, war nur seine eigene Einbildung – genauso wie das Menuett gespielt von Leontine. Das ist jetzt gründlich erwiesen und außer jeden Zweifel gesetzt. Aber den Stachel, den Stachel, den hat Tiburius wirklich gesehen, groß durch die Lupe, ganz gewiss. Als würde sie Tiburius' Gedanken aufnehmen, redet Ludmilla hastig weiter: „Auf jeden Fall war dieser Bienenstich mehr als eine hysterische Rötung. Es ist etwas Übernatürliches vorgegangen. Gerade die aufreibende Spannung, in der Niethammer zu Melissa steht, könnte es gewesen sein, was dabei die Bewegungen in ihrem Überbewussten ausgelöst hat. Melissa hat sich zum Kanal gemacht und unser Alltagsbewusstsein in eine höhere Bewusstheit hinein geöffnet. Der Bienenstich hat es vorbereitet: Er war das Signal höherer Wesenheiten, dass Verbindung förderlich ist. Beides kam spontan."

Ludmilla wird jetzt grundsätzlich: „Du solltest dich mit dieser Art, der Wirklichkeit zu begegnen, besser anfreunden. Ich weiß ja, dass du schon anfänglich skeptisch warst und nur mir und Vater zuliebe bei unseren Séancen dabei warst. Sarkastische Bemerkungen danach unter vier Augen waren mein Preis für dein Opfer. Warum kann das nicht anders werden? Vater bleibt Kind seiner Generation. Aber der Spiritismus hat sich verändert. Auch bei uns ist unter der antiquierten Oberfläche, die wir Vater zuliebe noch beibehalten, längst schon eine ganz andere Art eingezogen. Außer ihm bist du der einzige, der es noch nicht realisiert hat. Es geht doch wirklich nicht mehr darum, irgendwelche Verstorbenen zu zitieren und zum Sprechen zu bringen. Klar, dass sie sich in dieser Art schon längst nicht mehr manifestieren. Wir arbeiten über Kanäle, die uns zu unserem Überbewusstsein Kontakt verschaffen, uns von dort in das höhere Bewusstsein des Universums hineintragen: Channelling. Kanäle. Das Beste, was ein Medium tun kann, ist, ein solcher Kanal zu werden. Wenn du diesen Maßstab anlegst, dann ist die heutige Sitzung höchst erfolgreich gewesen – und zwar in erster Linie für dich. Für dich war Melissa der Kanal zum höheren Bewusstsein. Es war dein Bewusstsein, auf das Melissa den Kreis zentriert hat. Warum? Das Wichtige ist, dass sich jetzt für dich eine besondere Chance aufgetan hat, dein Bewusstsein auszubauen. Es ist doch klar: Das Phantom, das Melissa beschrieben hat, ist dein höheres Bewusstsein. Jetzt bist du damit konfrontiert. Der Dialog steht im Raum. Dein höheres Bewusstsein manifestiert sich jetzt noch als trübe, gestaltlose Lichtmasse. Du bist gefordert, für dich selbst Klarheit und Gestalt zu gewinnen. Du hast die eigene, noch nicht vorhandene Gestalt zu finden. Dazu muss sich dein höheres Selbst wieder mit deiner Alltagspersönlichkeit rückschließen. Der Lichtnebel darf nicht mehr außerhalb von dir wabern: Du musst ihn integrieren, auf diese Weise wirst du zum ganzen Menschen. Erst als ganzer Mensch kannst du in den großen Rhythmus des Kosmos eingehen. Du musst zuerst klare Gestalt annehmen und ganz werden, damit du dich als einzelne Ganzheit auflösen kannst in das universale Ganze."

Tiburius fragt bei sich: ‚Warum will sie mich umformen, um jeden Preis umformen? Die Gestaltung, zu der sie aufruft, ist doch nichts anderes: Umgestaltung – Umgestaltung wohin? Transformation oder Deformation, Höhergestaltung oder Verunstaltung? Zur wahren Gestalt finden: Habe ich die nicht schon? Warum soll ich ein Anderer werden? Ludmilla möchte an mir das wahre Gesicht freilegen wie beim übergipsten Marmorbild. Ich habe es lieber, ohne Konturen zu bleiben, als eine ‚wahre' Gestalt anzunehmen, die vielleicht nicht die wahre ist – oder habe ich überhaupt eine?‘ Ludmilla stimmt den Predigtton an: „Wenn wir uns in diesem Sinn dem höheren Bewusstsein integrieren, wird alles fassbar.“ Tiburius hat bis jetzt nur gedacht, nicht gesprochen. Jetzt, wo es um seine Umformung geht, fährt er in ihre melodische Verkündigung: „Ist das nicht umgekehrt? In diesem Überbewusstsein wird alles nur immer weniger fassbar. Fusioniere du ruhig mit deinem höheren Selbst. Glaubst du ernsthaft, dass da gar kein Rückstand bleibt, der sich deiner sanften Bewusstseinsdiktatur widersetzt? Du sprichst zu viel vom Bewusstsein. Ich frage dich einfach: Hast du eine Seele?“

„Fragst du das im Ernst oder wirst du ironisch?“

„Was glaubst du, wie oft ich die Frage an mich selbst gestellt habe. Immer und immer wieder im Ernst, bis es schmerzt. Ich weiß jetzt, dass ihr nur noch mit Ironie beizukommen ist. Dann stellen wir sie halt ironisch, die Frage nach der Seele,“

„Bevor du sie mir jetzt stellst, stellen wir sie doch erst noch einmal an dich.“

„Ironisch?“

„Ironisch, sicher. Du meinst ja, es geht nicht anders.“ Das Lachen, zu dem Tiburius ansetzt, klingt laut, aber nicht ganz ungezwungen auf: „Natürlich, ich weiß es selbst: Es ist eine lächerliche Fantasie, in die ich mich da ab und zu versteige. ‚Eine fixe Idee‘, wirst du sagen und ‚nur nicht so verbissen‘. Ja es kommt tatsächlich vor, dass ich mich verbeiße in diese Vorstellung – Traum, Halluzination, wie du willst. Lächerlich ist sie ohnehin. Weißt du, es gibt Augenblicke, da komme ich mir wie eine losgelöste Seele vor. Der seelenlose Körper liegt irgendwo anders. Ist das lustig? Dann heißt doch, was hier von mir zu sehen ist: Einbildung, Phantom, falsche Sicht der Dinge. Sei bitte ehrlich: Was empfindest du, wenn du mich anfasst?" Tiburius schaut seiner Frau in die Augen. Schlägt der Scherz um in eheliche Attacken? Eher weniger. Tiburius lächelt versponnen in sich und sieht fast glücklich aus, als er sein fantastisches Gemälde weiter ausführt: „Melissa sieht also besser als ihr alle: Eine wabernde Wolke, ein Phantom stellt mich wahrer dar als der, der ich vor euch erscheine. Es ist ein Zwischenzustand, in dem ich mich augenblicklich befinde, der Zustand zwischen einer früheren und einer zukünftigen Gestalt."

„Sprichst du von Reinkarnation? Ich wusste gar nicht, dass du daran glaubst."

„Fang nicht noch an, von Glauben zu reden", Tiburius ist ärgerlich, „jetzt will ich mich zur Abwechslung einmal nicht festlegen lassen. Erlaube mir nur, das fertig auszuführen. Früher lebte ich einmal. Ich lebte in der großen Wirklichkeit. Ich war wirklicher als alles, was mich jetzt umgibt. Damals war Fülle. Jetzt ist mein Dasein nur ein schattenhaftes. Selbst nur ein Schatten, dürfte ich eigentlich keinen Schatten mehr werfen, den Spiegel leer lassen. Schon daran merkst du, dass meine ganze Geschichte nur im übertragenen Sinn wahr ist. Natürlich werfe ich einen Schatten und kann mich im Spiegel sehen wie alle anderen."

Tiburius lacht Ludmilla an, lacht dieses Mal herzgewinnend – war er so als Junge? Ein Lachen, das ablenken soll. Insgeheim versichert er sich gerade, ob neben ihm ein Schlagschatten da ist und ob er im großen Wandspiegel gegenüber auch wirklich neben Ludmilla erscheint. „Gerade deshalb: Lass mich das Bild in Ruhe ausmalen. Ich bin unvollständig und beschädigt. Ich suche dringend, was mir fehlt und was mich heil machen kann. Aber was fehlt da? Es ist nicht der alte Körper. Der liegt irgendwo und es ist egal, wo er liegt – obwohl ich (Vorsicht Tiburius, jetzt gefällst du dir als Geheimniskrämer!) gut vermuten kann, wo. Nein ich bin es, die wandernde Seele, die irgendwie nicht stimmt. Man muss sie nur richtig einstimmen, dann ist der Leib, den sie braucht, im Nu von selbst da. Du verstehst: Nicht die Statue da hinten, ich selbst brauche einen Restaurator, der mich wieder richtig zusammensetzt und vollständig macht. Ab und zu kann ich ihn sogar hören, sein betendes Flüstern am Ohr meiner Leiche."

„Was für ein Flüstern?" Ludmilla ist unschlüssig, ob sie die Sache belustigt nehmen soll oder ob es nicht doch an der ernsthaften Zeit wäre, sich Gedanken über den inneren Zustand ihres Mannes zu machen.

„Gebete in einem altindischen Dialekt. Es geht um die ‚*Erlösung aus dem Zwischenzustand beim Hören*', eine alte Übung der Himalaya-Bewohner. Der Priestermönch gibt da dem Verstorbenen Anweisungen, wie seine Seele auf die beste Weise ihre neue Gestalt finden kann."

„Seit wann verstehst du denn Altindisch?" In ihrer Verlegenheit findet Ludmilla keine richtige Frage, keinen Schlüssel, der ihr zum wenigsten den Vorraum des Labyrinths aufschließen könnte, das Tiburius da in verblüffender Hast konstruiert.

„Ob's wirklich Altindisch ist? Es ist eine Sprache, die für mich, so wie ich bin, verschwundene Erinnerung ist. Ich weiß nur: Sie ist die Muttersprache meines abgelebten Körpers. Sie sollte aber doch aus dem nördlichen Indien kommen. Es hörte sich ganz ähnlich an, wenn die Leute dort miteinander redeten. Es war dieser Klang."

„Du warst einmal in Indien, warum hast du mir nie davon erzählt?"

„Ich war zweiundzwanzig Jahre, ein Lebensalter, an das ich selbst nur noch mit Schwierigkeit zurückdenke. Wir wollten damals alle frei werden, frei in jeder Hinsicht – dass man sich da zuerst von sich selbst freimachen muss, werden die meisten auch heute nach dreißig Jahren noch nicht wissen. Eine Reise nach Indien gehörte dazu. Dort war echte Lebenseinstellung, weitab von unseren Zwängen, dort war Freiheit realisierbar."

„Und dort war die Droge."

„Auch die Droge war dort, aber sie war nicht mehr Droge."

„War das wirklich so?"

„Wie geht es bei einem Besuch im Theater zu? Du gibst deinen Mantel an der Garderobe ab, bevor du dich in die Ränge zwängst, und nach dem Schauspiel lässt du dir den Mantel wieder geben und gehst warm angezogen nach Hause. Wir haben in Indien unsere Zwänge sämtlich abgelegt, wirklich.“

„Und dieses unabänderliche Bedürfnis, die Zwänge alle abzulegen, war das kein Zwang?“

„Lassen wir der Dialektik zutrotz und der Erzählbarkeit zuliebe die Zwänge einmal für sich gehen – meine und die deinigen – und sie weit abseits von uns Geselligkeit untereinander pflegen. Wir sprechen ja hier nicht über Zwänge – packendes Thema ohne Zweifel – sondern über die Seele. Und da wäre es nicht ehrlich, über das Erlebnis zu schweigen, das mein Ohr für dieses immer wiederkehrende Flüstern offen gemacht hat. In der Provinz Omin sind die Berge schon hoch. Einmal hatte ich mich dort irgendwo verirrt, allein – allein mit dem Joint, versteht sich. Ein Gewitter trieb mich zwischen die Felsen. Es ging in eine Höhle. Ganz düster, es brannten nur einige Dutzend Butterlämpchen, auf dem rauhen, kalt schwitzenden Boden verteilt. Ein Mönch in haariger rotfarbener Kutte hockte vor einem Holzsarg. Der Sarg war weit über dem Normalmaß, Länge vielleicht so drei oder vier Meter. Der Deckel war abgenommen, aber ich konnte nicht richtig hineinsehen. Es musste jedenfalls wirklich – zwar in Übergröße – ein Menschenkörper darin liegen. Am Kopfende ein Mönch, der sich in den Kasten hineinbeugte. Unter seiner roten Spitzmütze – wie eine ungeduldige Flamme stach sie nach oben – die Wangenfalten verkneifend flüsterte er mit verdrossenen Lippen in dem Ton, den ich immer noch höre. Es ist aber doch so: Wenn einer flüstert, dann flüstert er jemandem ins Ohr – oder wohin sonst? In der Mitte kam dann etwas zum Vorschein, offenbar ein Teil des toten Körpers. Eine schmalfingrige Hand hing an der Seitenwand über die Kante hinaus. Die düstere, beinahe schwarze Farbe des Handrückens – aufgehellt nur an den Fingernägeln – deckte unduldsam den blattgrünen Holzanstrich zu. Und an einem dieser nachtfarbenen Finger glänzte ein Ring aus Gold – nein, nicht aus Gold, aus Licht."

„Mit einem großen Edelstein?" Ludmilla möchte sich in die Erzählung versetzen.

„Es war ein schlichter Goldring, rund wie jeder andere, nur dass er aus Licht gemacht war – aus purem Licht."

„Ein Reflex?"

„Nein, ein Reflex war es nicht. Über dem Sarg hing eine gläserne Ampel von der Decke. Aber die Ampel brannte nicht."

„Wie lange hat der Mönch geflüstert? Irgendwann muss er doch aufgehört haben. Ist er aufgestanden? Was hat er dann getan?"

„Wer weiß? Wer weiß, ob er überhaupt aufhört? Ich konnte die Szene jedenfalls nicht länger beobachten. Ich war beim Beobachten beobachtet worden. Hinter mir tauchte ein weiterer Mönch auf – der trug keine Spitzmütze –, fasste mich an den Handgelenken, um mich gastfreundlich zu bewillkommnen, das heißt mit eisernem Griff über eine schmale Steintreppe in die oberen Räume zu führen. Wie ich später sah, war ich in den Keller eines Klosters geraten, das wie ein Schwalbennest an der Felswand hing. Davon gibt es in diesem Land Hunderte. Die Mönche, die dort oben ihre langen Kutten über den Boden schleiften, setzten mir gleich eine Tasse Tee vor mit der halbflüssigen Yakbutter, die sie dort hineintun. Man war sehr herzlich zu mir."

„Haben sie dir erklärt, was in dem Keller vor sich ging?"

„Ich verstand doch damals von ihrer Sprache kein Wort. Erst jetzt, seit ich meine frühere Existenz mehr und mehr wahrnehme, ist sie auch meine Sprache geworden und ich verstehe sie allmählich sehr gut. Einige Wochen nachher in Mahore, der Hauptstadt, lernte ich einen amerikanischen Indologen kennen, der eigens dahingereist war, um die Religion von Omin zu studieren. Das ist offenbar ein außergewöhnlicher und noch weitgehend unbekannter Zweig der indischen Spiritualität mit Verbindungen zum Buddhaglauben. Dieses Kloster, in das mich damals das Gewitter geführt hatte und das sich, wie mir Dorfbewohner sagten, ‚die verwehte Blüte vom reinen Südland' nennt, war ihm nicht unbekannt. Die Mönche dort, erklärte er mir, gelten als Experten in der ‚Bewusstseinsübertragung', also der Disziplin, in der man die Seele eines Verstorbenen in den Kanal lenkt, der zu einer günstigen Wiedergeburt oder im Idealfall als Geburt in der Lotosblüte in die absolute Wirklichkeit führt. Die Leute würden sogar sagen – er selbst wollte das aber nicht glauben –, dass die Mönche noch den Leichnam eines ihrer ersten Äbte in ihrer Mitte hätten. Die Seele dieses Abtes würde sich hartnäckig weigern, einen der vorgegebenen Wege zu beschreiten – er wolle sich bei uns wieder verkörpern und wolle nicht in den ewigen Glückszustand übergehen. Seit Jahrhunderten – man weiß nicht, wie vielen – werde deshalb ohne Pause an seinem Körper die vorgeschriebene Anweisung für seine Seele gesprochen. Ohne Pause und ohne das geringste Zeichen von Fortschritt, heißt es, was um so erstaunlicher sei, als der Verstorbene zu Lebzeiten ein großer Meister der Meditation war."

„Und wo liegt der Grund? Hatte der Amerikaner eine Erklärung? Weshalb sollte diese Seele nicht den üblichen Weg gehen?"

Tiburius mit aufsässigem Grimm: „Vielleicht hat man ihm die falsche Alternative gestellt: entweder leidbeladene Wiedergeburt im Menschenland oder Auflösung im absoluten Glück. Möglicherweise kommt er mit diesem ganzen Kanalsystem nicht zurecht und sucht für sich einen unbekannten Kanal, einen, der noch verschüttet ist oder nie existiert hat."

„Wie meinst du das?"

„Nun, die Seele könnte sich zu sehr reglementiert vorkommen. Die anhaltenden Gebete könnten von ihr als unangebrachter Erziehungsversuch aufgefasst werden, als Erziehungsversuch, wo die Seele keine Weisung haben will. Vielleicht weiß sie aus ihrer früheren Existenz als Abt nur allzugut, wie man Seelen dirigiert. Schwarze Pädagogik nennt man das heute: Der Erziehende zwingt dem zu Erziehenden die eigene Angst auf und legt ihm die eigenen Scheuklappen an unter dem Vorwand, dass er es für ihn tut. Manipulation ist ein anderes Wort dafür. Die Versuchung bei mönchischer Disziplin ist groß, sie auch über den Tod hinaus weiterzuführen. Der ungenannte Priester, der einmal diese Gebete formuliert hat, ist vielleicht wie ein Restaurator, der eine alte Statue zu dem umwandelt, was er selbst unter guter Kunst versteht, egal was der Schöpfer wollte. Mit anderen Worten: einer, der sich einbringt, wenn er draußen bleiben sollte."

„Interessanter Vergleich. Bleiben wir dabei: Dann müsste sich aber auch die Statue selbst gegen das Konzept ihres Restaurators sträuben können?"

„Das ist eben der Unterschied."

„Kannst du mir das genauer erklären?"

„Ach, hören wir besser wieder auf mit dieser Geschichte, von der ich die eine Hälfte jetzt gerade aus meiner Fantasie heraus improvisiert habe."

„Und die andere Hälfte?"

„In Indien war ich nur bekifft."

Ludmilla begreift, dass es sinnlos ist, weiter zu fragen.

Die Nacht schließt sich nun auch um dieses liebende Menschenpaar.

Tiburius schreibt Tagebuch

21. Juni 2008

Bei Herodot. Periandros, der Tyrann von Korinth und seine Frau Melissa, die er ermorden lässt, und was ihm später passiert:

„An einem einzigen Tag beraubte er wegen seiner eigenen Frau Melissa alle Frauen der Korinther ihrer Kleider. Als er nämlich zu den Thesprotern an den Acheronfluß Boten zu dem Totenorakel wegen eines Pfandes, das ihm ein Gastfreund anvertraut hatte, geschickt hatte, hatte Melissa bei ihrem Erscheinen gesagt, sie werde weder ein Zeichen geben noch aussprechen, an welcher Stelle das Pfand liege. Sie friere nämlich und sei nackt. Denn von den Gewändern, die er mit ihr begraben habe, habe sie keinen Nutzen, da sie nicht mitverbrannt worden seien. Ein Zeugnis für ihn, daß sie damit die Wahrheit sage, sei es, daß Periandros in einen kalten Ofen Brote gelegt habe. Als dies dem Periandros zurückberichtet worden sei – ihm war das Wahrzeichen nämlich glaubhaft, da er mit Melissa, als sie schon tot war, Verkehr gehabt hatte –, ließ er dann sofort nach der Botschaft einen öffentlichen Befehl ergehen, alle Frauen der Korinther sollten in das Heraheiligtum hinausziehen. Sie gingen natürlich wie zu einem Fest in ihrem schönsten Schmuck. Er aber verteilte heimlich seine Lanzenträger und entkleidete

sie ohne alle Ausnahme, die Freien und die Dienerinnen; nachdem er die Kleider in eine Grube zusammengebracht hatte, verbrannte er sie und betete dabei zu Melissa. Als er das getan und zum zweiten Mal geschickt hatte, sagte der Geist der Melissa, an welcher Stelle sie das Pfand des Gastfreundes niedergelegt hatte. So etwas ist, dass ihr es nur wisst, die Tyrannenherrschaft und solche Werke weist sie auf."

1. Juli 2008

Steindenkmäler in geschlossenen Räumen und ihre Präsentation:

„Im Gegensatz zu Steindenkmälern, die im Freien stehen, sind die Probleme zur Erhaltung von jenen, die sich in geschlossenen Räumen befinden, leichter zu lösen. Hier kann der Restaurator meist sehr gewissenhaft seine Untersuchungen machen, Übermalungen abnehmen, frühere Farbfassungen freilegen, alte Techniken erforschen und neue entwickeln. Er kann Konservierungen und Restaurierungen vornehmen sowie Maßstäbe setzen für eine gute und sinnvolle Restaurierung überhaupt. Hier können die höchsten Ansprüche an Konservierung, Restaurierung und deren Reversibilität gestellt, neue Methoden und Materialien erprobt, neue Ergänzungsmassen erarbeitet und Systeme für eine gute Präsentation entwickelt werden. Allerdings gibt es auch hier seit dem Bestehen privater und öffentlicher Kunstsammlungen die unterschiedlichsten

Auffassungen. So vollbrachte die Renaissance in der Ergänzung antiker Denkmäler und Statuen aus Stein wahre Meisterleistungen, wenn auch alles, was man ergänzte – wie immer – im Geschmack der Zeit war und wenn man auch aus diesem Grund manches ergänzte – oder ergänzend frei erfand – was man heute am liebsten ungeschehen machen würde. Immerhin waren Künstler wie Donatello, Michelangelo, Salvestrino, Caccini, Pieratti, Gianbologna und Cellini damit beauftragt, die kostbarsten Marmorskulpturen der Antike wiederherzustellen. Daß man dabei gelegentlich mit den Ergänzungen nach unserer heutigen Ansicht etwas zu weit ging, daß Fantasie und Begeisterung der Künstler übersprudelten, darf nicht verwundern. Man muß vielmehr versuchen, derartige Arbeiten aus der Zeit heraus zu verstehen. Was bei diesen Ergänzungen jedoch bedenklich stimmt, ist weniger die Tatsache, daß man aus einer Persephone eine ‚Muse', aus einem Hundetorso ein Gruppe ‚Venus und Adonis, mit einem Hunde scherzend' machte, sondern daß man die Originale antastete, indem man glatte Bruchflächen für die anzupassenden Ergänzungen schuf. Die Bearbeitung der Originale ist das eigentliche Unglück bei dieser Form der Wiederherstellung (das Wort Restaurierung mag man in diesem Zusammenhang oft nicht nennen). Canova, seit 1802 Oberaufseher der vatikanischen Kunstdenkmäler, war wohl der erste namhafte große Bildhauer, der sich weigerte, antike Skulpturen zu ergänzen, nämlich die von Lord Elgin nach London gebrachten Figuren des Parthenon-Frieses.

Das Wiederherstellungsprinzip der Renaissancebildhauer wurde bis weit ins 19. Jahrhundert beibehalten, wenn auch um die Wende des 19. zum 20. Jahrhundert die Leitung der Dresdener Antikensammlung bereits alle alten Ergänzungen an ihren Figuren beseitigte. Der Vatikan folgte 1925 teilweise diesem Beispiel. Bis auf einige hervorragend ausgeführte Ergänzungen und bis auf die Feigenblätter der in idealer Nacktheit sich zeigenden Göttinnen und Götter wurden alle Ergänzungen entfernt. Als wichtigstes Beispiel einer ‚Ent-Restaurierung' neuerer Zeit darf die Entfernung der Ergänzungen des Frieses vom Aphaia-Tempel von Ägina in der Glyptothek von München dienen, die von keinem Geringeren als Bertel Thorvaldsen ausgeführt wurde. Doch auch dieser mißverstand z.B. einen kämpfenden Kriegertorso und ergänzte denselben zu einem besiegten, der auf dem Rücken liegt ... Man entfernte denn auch vor der Neueröffnung der Glyptothek alle Ergänzungen Thorvaldsens und stellte den Restfries auf Edelstahlstützen ... Als Beispiel einer musealen, sehr gewissenhaften und verantwortungsbewußten Restaurierung kann die Wiederherstellung des sogenannten Münchner Kouros, einer attischen Jünglingsfigur (um 530 v.Chr.) dienen. Er wurde in fünf Einzelteilen aus Griechenland nach Deutschland gebracht und im Jahre 1912 zum ersten Mal mit Bronzedübeln und Zement zusammengesetzt ... Durch Röntgenaufnahmen lokalisierte man die genaue Lage eines Teiles der Dübel, trennte mit Hilfe vieler kleiner Holzkeile die Bruchflächen voneinander und bohrte die Messingdübel mit langen dünnen Bohrern heraus ... Das Zusammensetzen der Figur, deren Kopf alleine aus fünf Bruchstücken bestand, erfolgte mit Edelstahldübeln, die man mit einem speziellen Schmelzkitt einklebte und auf einem Plan dokumentierte ... So wählte man den sogenannten Thermozement, der bei 70° C erweicht und bei 100° C vollkommen flüssig ist. Er kann als Klebemittel auf die vorgewärmten Bruchflächen übertragen werden und entwickelt seine hohe Klebefähigkeit beim Erkalten. Die Entfernung überschüssigen Klebstoffs erfolgt durch ein Lösungsmittelgemisch zu gleichen Teilen Aceton, Toluol und Trichloräthylen. Waren auch Klebung und Zusammensetzung der Figur relativ leicht zu bewältigen, so machte deren Aufstellung wesentlich mehr Kopfzerbrechen ... Im Verlauf dieses Kapitels ist sicher die Frage aufgetaucht, wie man rein handwerklich einen in zwei Teile zerbrochenen Stein zusammendübelt. Hierzu gibt es mehrere Kunstkniffe. Einer davon ist der folgende: Zunächst setzt man beide Teile aufeinander und zeichnet mit Kreide den gewünschten Verlauf des Dübels auf mindestens zwei Seiten an. Dann nimmt man den oberen Teil ab, setzt ihn mit der Bruchfläche nach oben in einen Sandkasten und markiert auch auf der Bruchfläche durch ein Kreide- oder Bleistiftkreuz den Sitz des Dübels. Mit einem Widiabohrer bohrt man dann vorsichtig in der Richtung der zuerst aufgezeichneten Kreidestriche das Loch in den Stein. Dieses muß um ein geringes größer sein als das Maß des später einzuführenden Dübels. Dann muß der Stein umgedreht werden, dabei fällt die Hauptmenge des Bohrstaubes heraus. Es ist jedoch darauf zu achten, daß ein kleiner Rest im Bohrloch verbleibt. Jetzt wird der Stein vorsichtig und möglichst exakt auf die Bruchfläche des mit ihm zu verdübelnden anderen Teils gesetzt. Durch einige Schläge mit Klöpfel oder Fäustel fällt der im Bohrloch verbliebene Reststaub nach unten und bildet auf der Bruchfläche ein kleines Häufchen, dessen

Mitte man nach behutsamem Abheben des Oberteils durch ein Bleistift- oder Kreidekreuz markiert. Jetzt kann das Dübelloch gebohrt werden, das dem zuerst gebohrten genau gegenüberliegt und entspricht, wenn man sich auch hier mit der Bohrrichtung nach den zuerst auf beide Steine aufgetragenen Kreidestrichen richtet. Das Zusammensetzen der beiden Teile macht nun keine weiteren Schwierigkeiten. Die Ansatzstelle für den Bohrer auf dem zweiten Stein ist auch zu finden, wenn man auf das zuerst gebohrte Loch einen kleinen Plastilin- oder Tonpfropfen setzt und diesen vielleicht mit etwas Farbe betupft ...“

Aus: Restaurierung von Steindenkmälern. Ein Handbuch für Restauratoren. München 1980. S. 150ff

3. Juli 2008

Periander war nicht nur Tyrann, man rechnet ihn zu den Sieben Weisen. Ich bin anderer Ansicht. Wer wirklich weise ist, bleibt weit weg von Orakeln, von diesem und von anderen.

Ist die Melissa-Anekdote nichts anderes als makabre Obszönität, mit der Herodot seine Leser amüsiert? Oder geht es dort, wo die Körperhülle fällt, um die Seele? Dann wäre der Massen-Striptease, den er beschreibt, von subtiler Transzendenz. Wenigstens wird es richtig sein, dass alle Erotik, die wir nicht gelebt haben, an unserer Seele haften bleibt.

Serpentina

Serpentina wischt sich die Augen unter der randlosen Brille, setzt sich zurecht und schlägt selbstgefällig elegant ihre Beine übereinander. Die Beine sind das Hübscheste an ihr, sind lang und mögen in den halbdurchsichtigen schwarzen Perlonstrümpfen interessanter wirken als sie sind. Ihr gegenüber sitzt Ludmilla. Zwischen den beiden ein rundes, niedriges Tischchen.

„Und Ihr Mann hat diese – wie Sie meinen scherzhafte – Fantasie also anlässlich einer spiritistischen Sitzung entwickelt, die in Ihrem Hause veranstaltet wurde?“

„Wir haben uns, als die anderen Teilnehmer gegangen waren, noch zu zweit unterhalten.“

„Die vorausgegangene Séance hat dabei vermutlich das Thema vorgegeben?“

„In gewisser Hinsicht schon. Es ergab sich die Frage nach der Seele und nach ihrem Weiterleben.“

„Und dann outete sich Ihr Mann mit einem Mal vor Ihnen als wandernde Seele, deren toter Körper in irgendeinem indischen Kloster versteckt liegt?“

„Ja sozusagen, wenn man alles auf eine Gerade reihen will. Man merkt aber, dass Sie den Mann nicht persönlich kennen. Er ist nämlich so. Wenn man sich mit ihm in ein Gespräch einlässt, führt er einen manchmal Windungen entlang in ein Labyrinth, und der Faden, an dem man mit blinden Augen krampfhaft festhält, kann dann schon in irgendeinem Augenblick reißen."

„Es ist ja wohl auch Ihr Mann, der eigentlich die Verbindung zu diesem Zirkel hat, der damals in Ihrem Hause tagte."

„Nein, das ist nun gerade anders. Er nimmt nur mir zuliebe an diesen Treffen teil. Abgesehen davon ist er eher uninteressiert. Es handelt sich um eine alte Tradition meiner Familie. Nicht nur die Sitzungen, der ganze Geist des Spiritismus, das kommt von meinem Vater."

Beim Stichwort ‚Vater' weiten sich bei Serpentina um ein Weniges die Pupillen, dann reibt sie sich mit dem Zeigefinger neben der Nasenwurzel.

„Dieses Gespräch lief ja überhaupt nur deshalb in diese Richtung, weil Tiburius meinen Vater mit seinem Hang zum Spiritismus kritisieren wollte. Tiburius hält den Spiritismus für eine völlig antiquierte Angelegenheit. Wir haben hier ja schon einmal das Verhältnis bearbeitet, das zwischen Tiburius und seinem Schwiegervater besteht, es ist gespannt – und zwar von Anfang an."

Serpentina ergreift gern den Anlass, auf Allgemeines überzugehen und das, was sie sonst nur hinter dem Schutzschild des analytischen Schweigens im Verborgenen ausheckt, einmal offener zu tun, nämlich zu belehren:

„Es ist anzumerken, dass die Fantasie Ihres Gatten von diesem Reibungspunkt ihren Ausgang genommen hat. Ich meine jetzt, dass an dieser Stelle, wo es um die Auffassung von ‚Seele' geht, eine Klärung unserer Methode ansteht, auf die Sie sich mit dem Entschluss zu dieser Therapie eingelassen haben. Ein solcher Entschluss ist zur Ergebnislosigkeit verurteilt, ja vielleicht von vornherein gar nicht möglich, wenn der Klient nicht bereit ist, seine klaren Grenzen zu ziehen. Ich selbst habe trotz einschlägiger Einladungen nie an einer spiritistischen Sitzung teilgenommen und das nicht etwa aus Angst oder anderen emotionalen Motiven, sondern aufgrund eines fundierten Nein. Die Beeinflussung, der dort unvermeidbar jeder Teilnehmer ausgesetzt wird, ist ungut, manipulativ. Der Spiritismus. Wenn Ihr Mann von einer Modeerscheinung spricht, die heute längst überholt ist, gebe ich ihm Recht und doch wieder nicht. Wo eine mediale Instanz die Führung ergreift, wird in den Lebensfluss etwas Auswärtiges eingeschleust, dem Heilungsprozess – denn Leben ist Heilung – ein Unzuträgliches zugemutet. Das moderne, new-age-bewegte Medium aber, das ein Kanal zu einem irgendwie gearteten Überbewusstsein werden will, macht dem Unbekömmlichen das Einfallstor noch weiter auf. Von uns aus ist am Spiritismus nicht etwa auszusetzen, dass er nicht mehr zeitgemäß wäre – dass er auch in Wirklichkeit eine alte Klamotte ist, sage ich nur nebenbei. Unzulässig ist vielmehr diese Öffnung hin zu dem, was außer uns ist. Wir würden einem fremden Prinzip zu uns Zugang gestatten, die Harmonie unserer Ganzheit verraten. Was soll der Fremdkörper in der Wunde? Heilung, die gelingen soll, darf nur und ausschließlich von innen her kommen.

Was Heilung aus dem eigenen Zentrum heraus bedeutet, dafür ist unsere Therapie, wie sie hier stattfindet, exemplarisch. Sie geht auf zwei langsamen Wegen. Der Hinweg ist die klassische Psychoanalyse, die autobiographisch rückwärts in die früheste Erinnerung bis – wagen wir es zu behaupten – bis zum Augenblick der Zeugung zurückführt. Ist dieser Augenblick erreicht, liegt sozusagen der Kern der Person frei. Von da an beginnt auf einer höheren Ebene der entgegengerichtete Weg, auf dem um diesen Kern herum die Umkleidung neu hergestellt wird. Wir weben sie wieder neu aus dem Beziehungsgeflecht, in dem der Einzelne schwankt wie eine lauernde Spinne. Um das zu können, muss dieses Geflecht zuerst entwirrt werden, oder – um ein anderes Gleichnis zu verwenden – die Figur unserer Beziehungen zerlegt und neu zusammengefügt werden. Hier beginnen wir mit der sogenannten ‚Aufstellung'.

Eine ‚Beziehungsskulptur' wird ‚aufgestellt', sagen wir. Dies findet in der Gruppe statt. Die Personen, mit denen wir, ob wir es wissen oder nicht, auf besondere Weise schicksalhaft verstrickt sind – unter ihnen zuerst wir selbst –, werden quasi mimisch dargestellt durch ausgewählte Mitglieder der Gruppe. Derjenige, um den es jetzt geht, nimmt die Stellvertreter an der Schulter und schiebt sie seinem Impuls folgend an ihren Platz. In einer gesammelten Haltung stellt er diese Personen in Beziehung zueinander, ohne dass er etwas dazu sagt. Auch die Stellvertreter bleiben gesammelt, ohne etwas zu sagen. Sie achten auf die Wirkungen, die ihr Standort in ihnen auslöst. Dabei können auch von der Gruppe selbst oder dem Therapeuten auf den Weg geschickte Figuren, die der Betreffende nie gekannt hat, auf der Szene hinzukommen, beispielsweise eine heimliche, immer verschwiegene Geliebte des Vaters – hatte Ihr Vater eine? – und selbstverständlich darunter auch Personen, die schon lange nicht mehr am Leben sind. Aber auch Krankheiten – nennen wir Herrn Asthma – und andere Größen im Schicksal können durch Personen dargestellt werden. Die Stellvertreter können jetzt nach den Wirkungen ihres zugeteilten Platzes befragt werden. Oft spiegeln die Stellvertreter verblüffend genau das Befinden der dargestellten Personen, ohne sie zu kennen oder überhaupt Näheres über sie zu wissen. Unter Umständen kommt dabei auch höchst Überraschendes an den Tag. Machen wir uns aber klar, dass all dies aus uns selbst heraus kommt.

Die Personen erscheinen nicht, *wie* sie sind – wenn es überhaupt legitim ist, das so zu sagen – sondern als das, *was* sie uns sind, als die Dynamik, die uns an sie knüpft. Wir erschaffen unsere Bezugspersonen aus unserem Inneren neu und neu schält sich dann aus dieser Beziehungsskulptur endlich unsere eigene Skulptur. In diesem Sinne werden wir hier Bildhauer an uns selbst. Ja, Bildhauer, vielleicht ist das als Bezeichnung unscharf. Wir arbeiten ja dabei mit stückhaften Bildungen, die schon bereitliegen und einmal vollständig gewesen sind. Es ist richtiger zu sagen: Wir müssen Restauratoren sein. Wenn Sie wollen, dürfen Sie auch dies Spiritismus nennen. Schließlich beschwören wir über die Gestalt der anderen, die letztlich in uns selbst liegt, die eigene abhanden gekommene Gestalt.“

„Aber der Therapeut, was hat der dabei zu tun?"

„Der Therapeut – wenn wir ihn noch so nennen wollen – ist nicht mehr und nicht weniger als ein kaum involvierter Beobachter, der, wenn nötig, einen Knick mit behutsamer Hand glättet, eine unwegsame Passage gangbar machen hilft. In keinem Fall greift er von außen ein. Er gibt einige Anstöße und nimmt sich zurück. Der Therapeut ist im Einklang mit dem, was ans Licht kommt, und zwar ohne Furcht, ohne Bedauern und ohne Trauer. Sie, Frau Della Fonte, sind nun schon beinahe vier Jahre in meiner therapeutischen Obhut. Wir sind im Laufe dieser Zeit von der klassischen Situation an der Couch zum Gegenübersitzen übergegangen. Was jetzt in Ihnen vorgeht, scheint mir allerdings anzuzeigen, dass die Zeit da ist, eine Beziehungsskulptur aufzustellen."

Ludmilla verkrümmt um ein Weniges ihren Rücken: „Aber warum ausgerechnet in diesem Moment, wo sich diese zwanghafte Vorstellung bei mir angemeldet hat und sich zusehends verstärken will. Natürlich weiß ich, es wäre vollkommen abwegig, auch nur das Geringste ernst zu nehmen von dem, was Tiburius damals fantasiert hat – bloß seine Indienreise könnte stimmen, aber nicht einmal das weiß ich. Und trotzdem verfolgt mich seitdem auf Schritt und Tritt dieses Bild von einem Toten in der schwach beleuchteten Höhle. An ihm sehe ich auch das groß aufgerichtete Genitale. Und je mehr ich mich von ihm befreien will, um so gewalttätiger und näher drängt sich das Bild an mich heran. Genau so stelle ich mir das ohnmächtige Gefühl einer Frau vor im Augenblick, in dem sie vergewaltigt wird. Das lässt mich nicht los. Über diese Angst aber kann ich nur mit Ihnen allein sprechen, nur mit Ihnen allein."

„Frau Della Fonte, eine weitere Bearbeitung im Einzelgespräch ist nicht ratsam. Wir waren ja am Beginn der Analyse von Ihrer Mutter ausgegangen. Dabei kamen wir allerdings nicht ihr, sondern mehr und mehr Ihrem Vater auf die Spur. Ein unsichtbares, aber auch unzerreißbares Band ist es, das Sie an ihn fesselt. Nun in dieser Fantasie, eine Fantasie, die letztlich Ihr Mann für Sie formulieren musste – was die Fantasie für ihn selbst bedeutet, überlassen wir einmal ihm –, in dieser Fantasie taucht Ihr Vater als toter Körper auf. Das hat etwas zu besagen. Bezeichnend ist ja die erotische Farbe, die das Bild in Ihnen aufgenommen hat."

‚Warum der Vater?', denkt Ludmilla, ‚ach ja, es ist immer der Vater'. – „Ebenso auffällig, dass Sie das Bild nicht loslässt. Fixierung nimmt dabei geradezu Wortgestalt an, insoweit das Bild auch malerisch in Ihrem Denken haften geblieben ist wie fixiert auf eine Leinwand. Analytisch ergibt sich da folgende Deutung. Dieser archaische Tote in der Höhle irgendwo im Himalaya und seine Seele, die überhaupt nicht lokalisierbar ist, zeigen zwei Ansichten Ihres Partnerbildes. Der Tote ist Ihr Vater, auch wenn dieser real noch am Leben ist – tot, weil er Ihnen unbeweglich verfügbar bleiben soll. Weiter steht der Tote auch für einen Todeswunsch Ihrem Mann gegenüber, handelt es sich vordergründig doch um seine Liebe. Er war es doch auch, der diese Fantasie ausgesprochen hat. Seine lebendige Anwesenheit gefährdet die selige Verbundenheit der Tochter mit dem Vater, den coitus perpetuus. Das wäre der Tote. Die wandernde Seele aber ist Ihr Geliebter. Seit wann haben Sie den?"

„Ich habe keinen sogenannten Lover."

„Und ich sage Ihnen: Sie haben einen. Das geht aus der Fantasie klar hervor."

„Wer sollte das aber sein?"

„Ist in letzter Zeit ein Mann an Ihrem Horizont aufgetaucht, der auf Sie wirkt?"

„Mir fällt da nur der Restaurator ein, der die große, weiße Statue in unserem Vestibül restaurieren soll. Der ist ein paar Mal in unser Haus gekommen. Als Mann wirkt er nicht eigentlich anziehend: untersetzt, die Augen müde und der Kopf zur Seite verdreht. Nur sein Blick. Ich meine nicht den Blick, den man unmittelbar an ihm sieht, sondern den Blick, mit dem er in einem beschädigten und vielfach veränderten Kunstwerk das ganze Original fix und fertig sieht, den Blick, der sozusagen wiedererstehen lässt."

„Hat er den Blick bei Ihnen bewiesen?"

„An mir selbst?"

„Ich meine, ob er ihn an Ihrer Statue bewiesen hat?"

„Das hat er in der Tat. Sein Blick hat die Bruchstücke eines antiken Originals erkannt, die später mit Gips umkleidet wurden, und hat sie ideell zu einem Ganzen zusammengesetzt."

„Und diese Statue, wen stellt sie dar?“

„Eine Psyche.“

„Und Amor?“

„Eine Psyche ohne Amor.“

„Aha.“

„Jeder würde sie für ein Werk aus dem vorletzten Jahrhundert halten.“

„Also schon historisch. Das bedeutet, dass man die Statue, so wie sie bei Ihnen steht, in ihrer Art auch als Original sehen kann. Sicherlich würdigt Ihr Restaurator auch die neue Form.“

„Er tut es nicht.“

„Aus welchem Grund?“

„Eben sein Blick.“

„Ich sage nun mit noch größerer Gewissheit: Dieser Mann ist in ihrer Seele bereits der Geliebte. Er wird das auch bald im vollen Sinn werden – fix und fertig. Von dem Augenblick an wird er Ihnen allerdings nicht mehr Seele sein, sondern toter Körper. ‚Ein Mensch, der Geist wird, ist zugleich ein Geist, der Körper wird‘, sagt Novalis.“

„Mir macht das Bild von dem toten Körper nur immer noch mehr Angst.“

„Sie spüren selbst, dass wir diese Angst nicht länger auf diese Art bearbeiten dürfen. Unsere Bewusstwerdung zerfällt sonst wieder in Bruchstücke. Erforderlich ist jetzt eine Beziehungsskulptur in der Gruppe. Ich erkläre hiermit die Phase der Zweier-Analyse für beendet.“

Ludmilla erlebt ihre eigene Zerstörung.

Serpentina stellt fest, wie dringend Ludmilla Beruhigung braucht. Freilich liegt es ihr fern zu verstehen, dass Ludmilla jetzt zusammenbricht, weil das langjährige therapeutische Verhältnis abrupt und einseitig aufgekündigt ist. Serpentina, die sich die Sache immer gern unkompliziert macht, führt alles auf Ludmillas Angstpotential zurück, das ‚immer wieder spontan zur Oberfläche drängt'. ‚Ich hätte schon früher abblocken sollen', denkt sie. Serpentina hilft Ludmilla auf die Couch und führt an ihr vom Kopf zu den Füßen leichte Striche aus. Sie weiß: Ludmilla kann an Therapie nie genug bekommen. ‚Sie hat den Therapie-Tick', sagte einmal der Kollege Dr. Albrechtsberger, der Atemtherapeut, über sie, der dabei zu dem süffisanten Lächeln ansetzte, das ihm nicht immer gut gelingt. Ludmilla zahlt ihre Rechnungen pünktlich, und warum sollte ihr Serpentina jetzt nicht entgegenkommen und ihr als Absacker eine kurze bioenergetische Anwendung angedeihen lassen? Während sie mit ihren – eigentlich etwas zu kurzfingrigen – Händen über Ludmillas Körper auf- und abstreicht, flüstert sie ihr monoton immer den gleichen Satz vor: „Versetzen Sie sich ganz und gar in das Kloster zur verwehten Blüte des reinen Südlandes in Omin", wobei sie in ‚Omin' das i lang und vokaltief in eine sonore Länge dehnt.

Von den energetischen Strichen lustvoll entspannt und zugleich angstvoll von der Frage getrieben: ‚In der Gruppensitzung, die mir Serpentina verordnet, was wird da alles auf mich zukommen?' sinkt Ludmilla immer weiter in eine lastgesättigte Tiefe. Von dort kommt die Beziehungsskulptur ihr bereits entgegen, fix und fertig. Sie ist Serpentinas Behandlungsraum entsunken und steht in ihrem Verandazimmer mitten unter den Spiritisten. Dort ist alles wie gewohnt, nur dass vom blühenden Garten her die hohe Sonne durch das Glas der Verandawand hereinscheint. Kein Kerzenschimmer, sondern Tag, aber ein anderer Tag – das Licht ist gewissermaßen klebrig. Jeder sitzt auf seinem bekannten Platz am Tisch. Leontine ist an die Schmalseite zurückgekehrt – dem Vater gegenüber. Am Clavecin sitzt jetzt Serpentina. Einen harten Akkord anschlagend gibt sie Ludmilla die Anweisung: „Stellen Sie in gesammelter Haltung die Fantasie Ihres Mannes durch Stellvertreter auf, stellen Sie dabei diese Personen in Beziehung zueinander. Wählen Sie aus unserem Kreis die Stellvertreter für die wichtigsten Handlungsfiguren: für den toten Körper, für den Toten, als er noch lebte, für den flüsternden Mönch, für das Seelen-Gespenst, für die halbechte Gipsstatue, für den Torso, der in dieser Statue steckt, für Ihren Restaurator-Geliebten, und schließlich für sich selbst."

Während Serpentina überlangsam das bekannte Menuett spielt, nimmt Ludmilla die Personen am Tisch an der Schulter und stellt sie schweigend unter Serpentinas interessierten Augen vor dem Clavecin auf: den Vater für den Toten, Tiburius für den noch lebenden Toten, Melissa für das Seelen-Gespenst, Theo für die Statue, Niethammer für den Marmortorso, Ottomar für den Mönch, Leontine für den Restaurator. Als Stellvertreterin für sie selbst bleibt nur noch Serpentina übrig. Jetzt fangen die Stellvertreter an, sich in den Dargestellten oder das Dargestellte zu wandeln. Halt, halt! Aber auch die energetische Anwendung ist zu Ende. Serpentina setzt die Striche ab und holt Ludmilla zurück. Die nächste Patientin Frau Oberlin – Serpentina hat nur Frauen in Behandlung – sitzt schon zu lange im Wartezimmer nebenan: „Den Termin für die Beziehungsskulptur lassen Sie sich bitte von Frau Anders vorn an der Rezeption geben."

Geblendet geht Ludmilla aus dem Behandlungszimmer. Sie muss nicht mehr nachdenken: Nein, sie wird nicht hingehen in diese Gruppe und sie wird die Beziehungsskulptur nicht aufstellen. Soll sie sich selbst zum Teil eines Bildwerks machen lassen? Dafür sucht sie ein Reisebüro auf, um einen Flug nach Indien zu buchen, einen Flug nach Mahore, der Hauptstadt der Provinz Omin.

Tiburius schreibt wieder Tagebuch. Auszüge für uns

12. Juli 2008

Jetzt, wo Ludmilla in einen anderen Erdteil gereist ist und die Lotosblüte im Licht des eigenen Auges anschaut, sind für mein Denken wieder viele Brücken begehbar geworden – auch solche, die sich nur schwankend von Ufer zu Ufer strecken, Brücken und Stege, das Licht weiterzutragen, das in mir angezündet ist. Und wenn es gleichgültig wäre, ob dieses Licht weitergetragen wird? Und ob dieses Licht in mir überhaupt entzündet ist und nicht nur ein müder Reflex einer fremden Leuchte in meiner Finsternis? Wenn aber nun mein eigenes Licht wirklich brennt und wirklich vorgezeigt sein will, wie soll ich es sichtbar werden lassen in der Finsternis des bloßen Seins? Und wohin soll das Licht leuchten, wohin? Wozu sollte es nützen, das Licht weiterzutragen, wenn ich es zurückleuchten lasse? Das Licht muss ins Vorn der Zukunft leuchten. Aber wie und in welcher Weise? Ein Zukunftsroman – etwa in der Art von Orwells ‚1984'?

Technische Entwicklungen, noch gar nicht abzusehen? Politische Systeme, die keinen menschlichen und außermenschlichen Bereich ungeordnet hinterlassen? Letzte

Verfeinerungen eines kulturellen Betriebs, der die Welt in ein Glasperlenspiel auflöst? Wohl kaum und wenn schon, dann kaum interessanter. In der Zukunft werden wir uns finden und finden können wir uns nur in dem Anderen. Anstatt immer nur auf uns selbst zu stoßen, werden wir in einer großen Zukunft uns in dem entdecken, der wir nicht sind. Der Abgrund wird den Abgrund aufgerufen haben. Die Tiefe der Seele, in die wir dann hinabreichen, die kann keiner von uns erahnen. Und wenn sie eben nicht zu ahnen ist, wie kann ich diese Tiefe zeigen? Das Licht, das in mir entzündet ist und das ich weiterzutragen zögere, dieses Licht ist diese Tiefe. Denn unten, ganz unten leuchtet sie dem Sehenden, die Sonne um Mitternacht. Das Sonnengestirn aber da oben, was soll es in einem Himmel, der doch keiner ist, und weshalb müsste es einen blenden, dem doch nur das sichtbar bleibt, was nicht ist? Und lohnt es schließlich, sich für die Dauer eines Romans in den weiselosen Abgrund zu versenken?

20. Juli 2008

Der Ethnologe Claude Lévi-Strauss sah *„das Ende der Reisen"* längst gekommen. Reisen heute, meint er, kann nichts anderes sein als *„eine Begegnung mit den allerunglücklichsten Formen unseres eigenen historischen Daseins. Denn es ist der westlichen Kultur ... nicht gelungen, die wüsten Kehrseiten ihres Werks zu verbergen."* So wollte er selbst wohl gern zur Zeit der *„wahren Reisen"* gelebt haben, zur Zeit eines Bernier, Lévy oder Bougainville – Bougainville, richtig, Bougainville – zu der Zeit, als es unserer Zivilisation noch möglich war, auf ein gänzlich Anderes zu stoßen. Heute stößt sie immer nur auf sich selbst – die größte Bedrohung, der eine Zivilisation ausgesetzt sein kann (Ist da schon unser Globalisierungswahn vorausgesehen?). Drei *„Lehrmeisterinnen"* für ihn: Geologie, Psychoanalyse und Marxismus: *„Alle drei zeigen auf, daß Verstehen darin besteht, einen Typ der Realität auf einen anderen zurückzuführen; daß die wahre Realität niemals auf der Oberfläche sichtbar wird."* Und: *„In der Vergangenheit hätte ich mich einem gewaltigen Schauspiel gegenübergesehen, von dem ich nichts oder fast nichts verstanden oder für das ich – was schlimmer gewesen wäre – nichts als Spott und Verachtung übrig gehabt hätte; in der Gegenwart aber jage ich den Spuren einer Wirklichkeit nach, die längst versunken ist."* Die Ethnologen! Obwohl ich auch Reisender war, eine Wahre Reise habe ich nie gemacht, und ein solcher Wahrer Reisender möchte ich auch nicht sein. Vielleicht ist Ludmilla ja so eine. Kann man Wahre Reise berichten? Es ist nicht auf Reisen, dass man das Licht weiterbringt.

Die berühmten Selbstbildnisse Van Goghs sind im begrenzten Zeitraum von nur drei Jahren entstanden. Zeit genug, die Verzweiflung vollständig zu verzeichnen. Nein, diese Selbstportäts sind keine Spiegelbilder mehr. Das Antlitz des Malers selbst ist jetzt Spiegel, dem sich die Reinheit der Verzweiflung einwirft.

24. Juli 2008

Der genetische Code – Behältnis der immateriellen Seele oder nur der Schleier vor dem Bild von Saïs?

Zwischen stolzen Sarkophagen hinunter zu dem Platon, den unsere Zeit kennt und der zu uns hin dialogisiert:

Sokrates: So wie nun die Spiegel deutlicher sind als das Abspiegelnde im Auge und reiner und heller, ist nicht so Gott etwas Reineres und Helleres als jenes Edelste in unserer Seele?
Alkibiades: Das scheint ja wohl, o Sokrates.
Sokrates: Schauen wir also auf Gott, so bedienen wir uns jenes vortrefflichen Spiegels, und unter den menschlichen Dingen auf die Tugend der Seele. Und so würden wir denn am besten uns selbst sehen und erkennen.
Alkibiades: Ja.

Sagt Platon zu uns.

Erzeugt sich Seele erst in der jenseitigen Spiegelung des Eigenen im Anderen? Die Welt, sie ist das Andere, das sich in mir spiegeln will.

15. August 2008

In der letzten Nacht nach einem halben Jahr wieder der Traum bei mir, quälend und erwärmend zugleich:

Zwischen der Reihe von Pappeln, die den Sonnenschatten auf die Straße werfen, stehen Sarkophage aus schwerem Marmor, schmutzigweiß. Drinnen sind wohl die Toten. Außen erzählt man die alten Geschichten – dort Phaëton im Sonnenwagen? Am Ende der endlosen Perspektive: Unter dichten Platanen blickt eine Quelle auf – Ursprung. Zimt und der Atem der Vanille. Eine weißgekleidete Frau, mir halb ab-, halb zugewandt, kniet am Rand. Die Fingerspitzen der Hände tragen eine Schale, mit der sie zum Schöpfen ansetzt. Die weiße Kniende, sie verstellt mir auch den Blick auf die Quelle. So vermag ich den Wasserspiegel nicht zu sehen, der sehr still daliegt, während vom Grund auf das Wasser heftig nach oben drängt. Und doch weiß ich alles über diese lichtleitende Fläche, denn die Frau – hinter dem Schleier unbewegt – flüstert mit ununterbrochen gleichschwingender Stimme von allem, was darin zu sehen ist. Nur, wie kann sie selbst sehen, wo doch vor ihrem Gesicht der Schleier hängt? Und sie sieht dennoch, wie könnte sie sonst Gesehenes wiedergeben. Es kann nicht anders sein, als dass ihr Gesicht sehend ist. Ich selbst jedenfalls kann es nicht sehen, ihr Gesicht unter dem Schleier. Was kann ich also wissen über diese Frau, die meine Träume durchtönt? Ist sie jung, alt, schön oder hässlich? Und doch: die Art und Weise, mit der sie ihre Finger abspreizt. Am reglosen Spiel ihrer Arme erkenne ich sie ohne allen Zweifel: Leontine. Und ich kann nur schwer hören, wovon sie flüstert. Vom stillen Wasser, das nur sich selbst widerspiegelt, vom Hauch, der darüber weht und in der Kräuselung mein ei genes Bild sichtbar werden lässt. Sie flüstert von meinen Konturen, wie sie sich bilden und auflösen, sich abzeichnen und verwischen, wie sich meine Form gewinnt und wieder verschleiert, Form, die war, die ist und sein wird. Die Quelle bildet mich in dieser Vollständigkeit, die nur schwankend möglich ist. Wer dürfte diese selbst ansehen? Gegenüber die weiße Frau mit ihrem Gerede. Hinter ihrem Schleier.

Aus Friedrich Matthissons „*Elysium*":

Freudigschauernd in der Fülle
Hoher Götterseligkeit,
Grüßt, entflohn der Erdenhülle
Psyche deine Dunkelheit,
Wonne! Wo kein Nebelschleyer
Ihres Urstoffs Reine trübt,
Wo sie geistiger und freyer
Den entbundnen Fittig übt.

Ha! Schon eilt auf Rosenwegen,
In verklärter Lichtgestalt,
Sie dem Schattenthal entgegen,
Wo die heil'ge Lethe wallt;
Fühlt sich magisch hingezogen,
Wie von leiser Geisterhand,
Schaut entzückt die Silberwogen
Und des Ufers Blumenrand;

Kniet voll süßer Ahndung nieder,
Schöpfet, und ihr zitternd Bild
Leuchtet aus dem Strome wieder,
Der der Menschheit Jammer stillt,
Wie auf sanfter Meeresfläche
Die entwölkte Luna schwimmt,
Oder im Kristall der Bäche
Hespers goldne Fackel glimmt.

Psyche trinkt, und nicht vergebens!
Plötzlich in der Fluthen Grab
Sinkt das Nachtstück ihres Lebens
Wie ein Traumgesicht hinab.
Glänzender, auf kühnern Flügeln,
Schwebt sie aus des Thales Nacht
Zu den goldbeblümten Hügeln,
Wo ein ew'ger Frühling lacht.

Ludmilla schreibt an Serpentina

Omin, neben dem Kloster der verwehten Blüte
vom reinen Südland
14. September 2008

Verehrte Frau Dr. Malloney,

wie Sie aus meinem Ausbleiben sicherlich längst gemerkt haben werden: Ich habe mich einfach an Ihre ärztliche Anweisung nicht gehalten. Obwohl oder gerade weil – ich fühle innen die Notwendigkeit, an Sie weiterzugeben, welche Alternative zu Ihrer Therapie ich aufgesucht habe. Richtiger zu sagen ist: Die Alternative hat mich aufgesucht; denn nach unserer letzten Analysestunde habe ich kein Milligramm an Überlegung mehr in Anspruch nehmen müssen, um im nächsten Reisebüro den Flug nach Mahore zu buchen. Vor allem aber: Die Alternative stellte sich nicht nur selbst, sie suchte sich vor allem selbst ihren Gegner. Der selbstgesuchte Gegner meiner Alternative aber ist nicht Ihre Therapie einer Beziehungsskulptur; der ins Herz getroffene Gegner – hätte er nur ein Herz! – ist vielmehr sie selbst: die Therapie, diese Hydra ohne auch nur einen einzigen Kopf. Anstatt mich weiter krank zu therapieren, bin ich auf Reisen gegangen.

Das ist jetzt mein Weg: die Begegnung im Neuen. Und Begegnung im Neuen war schon im Auseinandergehen. Tiburius, mein Mann, der mich zum Flughafen fuhr, war ein Neuer. Auf die Weise, wie er mich beim Abschied umarmte, auf diese Weise hat er mich nicht – ich sage nicht seit unserer Hochzeit, das wäre banal – auf diese Weise hat er mich zuvor noch niemals umarmt – oder soll ich sagen umseelt? Beim Abschied: Kann man es Abschied nennen? Die Begegnung im Neuen für fünf Minuten oder so. Einchecken, durch die Glaswand ein verschwindender Liebesbeweis, für den man sich eine Dauer von wenigstens sechs Stunden erhofft hätte. Die Maschine hob ab. Abgetretene Teppiche sind die Länder, die man unterhalb sieht, Teppiche, nichts anderes. Griechisch-katholische, schiitische Gebiete, Demokratien, Militärdikataturen, Zentralstaaten, Föderationen, Industrienationen, unterentwickelte Strukturen: abgetretene Teppiche, nichts anderes. Aber wann sind sie neu gewesen, diese Teppiche, die heute so farblos abgetreten sind, waren sie überhaupt einmal frisch geknüpft? Was heute abgetreten ist, muss doch einmal frisch geknüpft worden sein, nicht wahr?

Nach einem halben Tag und einer halben Nacht im Flug – Persiens schwarze Lichttropfen noch im Haar – kamen wir nach Mahore, einem kleineren der zahlreichen Schmutzflecken, die überall auf dem Teppich verteilt liegen. Im Mietwagen über Steinwegen geschüttelt, eingepresst zwischen andere Passagiere, ihre violetten Kleider aufgeplustert und schweißatmend.

Zum „Kloster der verwehten Blüte vom reinen Südland“ musste ich dann zu Fuß hinaufsteigen.

Bei dieser Durchquerung der legendenumrankten Provinz Omin schaute ich weniger auf die vertrockneten Kakteen hinaus, die dort den einzigen Schmuck der Straßensäume abgeben. Ich weiß nicht, warum ich immer wieder an ihn denken musste: an Tiburius, meinen Mann.

Sie erinnern sich, dass Sie mit mir verschiedentlich seine eigenartige Philosophie des Reisens bearbeitet haben. Die Zeit des Wahren Reisens sei vergangen, das ist sein stetes Bedauern. Sie deuteten damals diese Sehnsucht nach dem nicht mehr verfügbaren Wahren Reisen als seinen Wunsch, in den Mutterschoß zurückkehren zu dürfen. Das Wahre Reisen wäre demnach die Suche nach dem Ursprung des eigenen Lebens. Vielleicht aber ist meine Reise ein noch wahreres Reisen. Ich suche den Ort auf, an dem die Seele meines Gatten ihren Ursprung hat.

An der schmalen Pforte empfangen mich zwei Mönche in brandroten Kutten. Die Gesichter glänzen in entspannter Breite, ein grenzenloses Lächeln, in dem Erleuchtung und Verblödung ineinander zerfließen. Betulich-andächtig schreitend – die nackten Füße unter den Kutten wie Ruderblätter für einen gemächlichen Kahn – führen sie mich eine zerfallende Steintreppe hinauf in die Camera Abbatis, die Zelle des Abts. Mit der Ewigkeit dieses Lächelns weist man mir eine zerfaserte Bastmatte an. Auf dem Steinfußboden ein kleines Feuer. Ich weiß, dass da Yak-Dung brennt, auf dem man mir – mit Lächeln – den Tee aufkocht. Der Mönch nimmt eine schwarze Ziegelplatte, gepresst aus zerriebenen Teeblättern, und bröckelt davon ins kochende Wasser. Auf der Platte ist das bedrohliche Bild der zornigen Gottheit eingedrückt. Der Mönch bröselt die blutende Hand und das Schwert ab, die gebleckte Zunge ist schon abgegangen. Die dunkle Brühe wird in die Schale gegossen, halbflüssige Yak-Butter zugefügt. Der Tee schmeckt säuerlich bis ranzig, keine Überraschung: So ist mir das Nationalgetränk auch beschrieben worden. Der Abt tritt ein, etwas dicker als die anderen. Er gibt mir nach europäischer Sitte seine Hand, wachsblass und ebenso weich. Meine Anmeldung hat ihn bereits erreicht. Wo in diesen vorsintflutlichen Verhältnissen er den Anschluss ans Internet hat, bleibt ein Mysterium.

In seinem eigenartigen Englisch gibt er mir eine erste Einweisung. Ich habe mich ja als Meditationstouristin angesagt – welchen Wahrheitsgrad soll man übrigens dieser speziellen Art des Reisens zugestehen? Über die tatsächliche Absicht meines Besuchs sollte er allerdings, denke ich, besser nichts wissen. „Die Meditation", er macht eine Pause und bewegt die flache Hand, als würde er einen großen Bullterrier streicheln, der vor ihm steht, „die Meditation muss das ganze Leben geübt werden. Ein ganzes Leben ist vonnöten, wenn wir so weit sein wollen, das Bild der wirklichen Welt aufzulösen. Die wirkliche Welt ist nichts anderes als das Bild einer zornigen Gottheit: Wir müssen sie auflösen.“ Denkt er jetzt auch so wie ich an den schwarzen Teeziegel, in den das Bild einer zornigen Gottheit gepresst war und das von dem stupiden Mönch so sorglos zerbröselt im kochenden Wasser aufgelöst wurde? Aufgelöst als Tee und versetzt mit der ekelhaft schmierigen Yak-Butter war mir der bedrohlichste Teil der zornigen Gottheit mittlerweile in die Innereien eingegangen. Sollten alle Bilder der Wirklichkeit diesen Weg gehen? Ist das der Weg der Meditation? Zorn, Zerbröseln, Auflösen und angewärmt und mit Ranzigem versetzt – auf der Zunge genießen?

Der Abt kommt auf die Alltäglichkeit des Klosterlebens zu sprechen. Üblicherweise, meint er, seien in seinem Kloster immer mehrere Westler zu Besuch, sich bei ihm in die Meditation einzuüben. Im Augenblick sei ich allerdings die einzige – abgesehen von dem Herrn, der vorige Woche angekommen sei. Ein Besucher aus Europa oder Nordamerika – ich werde natürlich neugierig. Mich nach ihm zu erkundigen, wäre gleichwohl nicht ganz passend. Auch würde ich ihn so leicht nicht zu Gesicht bekommen, da hier die weiblichen Gäste streng getrennt von der männlichen Welt des Klosters zu leben haben. So bewohne ich zur Zeit den Wohntrakt der Frauen ganz allein. Ich hätte nicht gedacht, dass hierzulande mit den Grundsätzen des zölibatären Lebens derart spürbarer Ernst gemacht werden könnte.

Und so erhalte ich meine Unterweisung von drei Nonnen. Sie kommen über Tag zu mir von einem benachbarten Frauenkloster herunter. Zwei von ihnen sind noch recht jung, die dritte, eine Art Priorin, um einiges älter. Sie heißt Lun-Sun und steht dem Unterricht vor. Sie ist die Meditationsmeisterin der Frauen. Geübt wird den ganzen Tag. Wenn Sie, Frau Dr. Malloney, da allerdings den tiefen Ernst erwarten, der für unsereins mit dem Versenken ins Seeleninnere zusammengehört, werden Sie enttäuscht sein. Die meiste Zeit lachen wir miteinander. Ab und zu erscheint auch der Abt, der als einziger von den Mönchen den Zutritt bei uns Frauen hat. Er erteilt sozusagen den Lehren der Meisterin Weihe und den letzten Schliff. Die Ehrfurcht, die mit ihm eintritt, überwältigt uns jedesmal. Wenn aber das heilige Verstummen vor seinem Angesicht zu lange andauert, gibt er auf einmal etwas Lustiges von sich – meistens bleibt mir die Pointe unklar – und aus allen bricht das Lachen heraus. Das Erstaunlichste dabei: Keine der Nonnen spricht auch nur ansatzweise eine europäische Sprache. Man kann sich mit ihnen nur in ihrem nordindischen Dialekt verständigen, der mir völlig unbekannt war. Glauben Sie es mir nicht! Ich kann es mir selbst nicht erklären, warum diese Verständigung auf Anhieb so gut gelingt.

All dies Leben findet im Saal statt, in dem wir auch speisen. Meine Bettstelle, eine einfache rot eingefärbte Bastmatte, befindet sich in einer Zelle, in der es sonst nichts anderes gibt. Von der Zelle aus sieht man durch ein fensterartiges Loch nach draußen, auf einen engumgrenzten Hof mit saubergefegten Steinplatten. Dahinter steigt die Felswand steil auf – ins Unendliche scheint es von hier. Links schließt der Trakt der männlichen Gäste den Hof ab. Vier niedrige Stockwerke führt dieser Trakt auf. In die Ecke, die an die Felswand stößt, ist ein runder Turm eingebaut. Der Turm ist dort, wo er sich zu meiner Zelle hin wendet, offen. Am Tag ist nichts weiter zu erkennen. Wenn es aber draußen dunkel wird, kann ich manchmal bemerken, dass vom Trakt her gelb-violettes Licht ins Innere des Turms quillt. Dann zeichnen sich dort die schneckenartig angeordneten Stufen einer schmalen Wendeltreppe undeutlich in mein Auge. Mehr ist aber auch dann nicht erkennbar, auch nicht zu erahnen, wo die Treppe endet. Es kann gleichwohl nicht anders sein, als dass sie in das vierte, das oberste Stockwerk hinaufführt, das für die besonderen Gäste des Abts reserviert ist – wie ich den Klatschereien entnehmen kann, mit denen die heiligen Frauen die Pausen zwischen den Meditationsübungen so glänzend auszufüllen wissen, und in denen man sich natürlich gerne um die männlichen Personen im Kloster ausgewählte Gedanken macht. Zu beobachten, wie oft oder unter welchen besonderen Umständen – spielt etwa der Stand des Mondes eine Rolle? – dieses Licht im Treppenturm sich zeigt, fällt schwer. Ich gehe nämlich meist mit der Sonne schlafen. Und mein Schlaf ist hier – ganz anders als bei uns zu Hause – immer grundtief. Traumlos und erholsam schlafe ich durch bis zum Sonnenaufgang. In der letzten Nacht war das einmal nicht so und davon will ich Ihnen nun noch schreiben.

Ich lag mehrere Stunden mit offenen Augen da. Das Gefühl, gezogen zu werden, hielt mich wach – ich kenne es sonst nicht. Jemand zog heftig an mir, so kam es mir vor. Irgendwann schlief ich dennoch ein – für wie lang kann ich nicht mehr sagen. Dies Gefühl, gezogen zu sein, ließ mich jedenfalls wieder aufwachen. Um mich herum lag die Dunkelheit der Gebirgsnacht hoch aufgeschichtet wie Stapel von gewichtigen Säcken. Von der Fensteröffnung her ein leichter Schimmer. Ich stand auf, um hinauszusehen. Der Schimmer kam vom Turm her. Die Treppe war wieder erleuchtet, heller oder aber nur anders als sonst. Ich glaube, dass dieses Mal zum gelben Violett ein rosenfarbenes Leuchten hinzukam. Wie auch immer – ich spürte, dass das unerklärliche Gefühl dorthin zog, so als würde sich die Treppe um ihre Achse drehen und dadurch einen starken Sog auf alles ausüben. Vielleicht war es auch dieser Wirbel, der die Luft in kühle Bewegung gesetzt hatte. Mich fröstelte auf einmal so sehr, dass ich die Mönchskutte umwarf, die – ich weiß nicht von wem – seit einiger Zeit auf dem Boden der Zelle liegengelassen worden war. Auf diese Weise verkleidet zwängte ich mich durch die Fensteröffnung und lief quer über den Hof – mit nackten Fußsohlen auf den kalten Steinplatten.

Die Glieder meines Körpers machten sich selbständig. Die Treppe selbst schien sie von unten in sich hineinzusaugen. Aber war es denn wirklich ein Sog? Ich selbst war es, die mit solcher Kraft dorthinein drängte, dass ich darüber den eigenen Zusammenhalt vergaß. Ich war schwarzes Licht, das zu Gesicht, stummer Klang, der durch den geheimen Wendelgang zu Gehör kommen will. Ich gelangte dennoch nicht zur Wahrnehmung. Die Treppe, die ich um ihre acht Windungen hinaufgelaufen war, hatte ihr Ende vor einer geschlossenen Wand. Diese Wand war von oben bis unten bemalt in steingrünen und weißlichen Farbtönen. Die friedvollen Gottheiten waren darauf abgebildet und in ihrer Mitte auf einer riesigen Lotosblüte ein Meister – bildete ich mir die Ähnlichkeit mit dem Abt nur ein? Auf seinem Schoß, ihm innig verschlungen und zierlich antastend seine spirituelle Gefährtin in Rückenansicht, unbekleidet, nur mit schweren Schmuckketten behängt und einem Kranz aus goldgefassten Diamanten auf dem elegant düpierten Haar. Der Meister war tief in sie eingedrungen – so war es zum mindesten aus ihrer krampfhaften Rückneigung des Nackens und der Gespanntheit der seitlich gezeichneten Wangen zu erschließen. Die Geschlechtsteile selbst waren von der Quaste einer dünnen, mit Türkisen besetzten Lendenschnur zugedeckt. Plötzlich aber schien mir diese spirituelle Geliebte ihre Hüften in einer leisen Kreisdrehung in Bewegung zu setzen. Vielleicht durfte ich den Augen nicht trauen. Nun hörte ich auch die Schmuckketten und die langen Ohrgehänge mit ihren tropfenförmigen Perlen ein zartes Geklirr beginnen. Der Klang wird mein Ohr nie mehr verlassen. Das Klirren drang in mich ein wie

Lösungswasser, das alles in sich aufgehen lässt, mich gänzlich und vielleicht auch allen anderen Stoff schmilzt. Immer lauter. Je lauter aber dieses Klirren wurde, um so älter, stumpfer, grauer wurden die Farben des Bildes. Die Kanten verschwimmen. Die friedvolle Gottheit zerbröckelt, das geistliche Liebespaar bekommt Hautfalten, wird greisenhaft, wird zu einem brandroten Fleck, der in den Hintergrund zurückweicht und dort vergeht.

Ohne zu stürzen ist die Wand nicht mehr. Keine Wand und auch nicht mehr, was sich hinter ihr verbirgt. Da tastete jemand mit seiner zarten Hand an meinen Hals. Auf mich senkte sich eine Umarmung herab, in der alle Versuchungen und meine Ängste zunichte wurden. In dieser Umarmung gewann ich neue Gestalt. Auch die Wand war neu da, mit frischer Bemalung. Es war eine Berührung, die alles überstieg. Natürlich war sie nichts weiter als ein Traum oder eine nächtliche Imagination, hervorgerufen durch die längere Isolation von den äußeren Reizen, vor allem die sexuelle Enthaltsamkeit, die hier zum Übungsprogramm gehört. Ich mache mir nichts vor.

Wenn Sie jetzt auf den naheliegenden Gedanken kommen, der Mann, der neben mir im Kloster zu Gast war, könne mit der Begegnung zu tun haben, muss ich auch das verneinen. Am nächsten Tag hatte ich nämlich Gelegenheit, unseren Abt nach diesem Mann zu fragen. Er sei schon zwei Tage zuvor abgereist, hieß es. Er war also gar nicht mehr da. Schade nur, dass ich ihn nicht mehr kennen lernen werde. Was ihn andererseits von vornherein uninteressant macht, ist die Tatsache, dass er gar kein Meditationsschüler war, wie mir der Abt verriet. Der Mann war nur deshalb ins Kloster gekommen, weil er von staatlicher Seite den Auftrag hatte, in allen Klöstern der Region eine besondere Art der Fresko-Malerei zu dokumentieren und ein Inventar zu erstellen. Kulturministerium.

Die Frage nach dem mysteriösen Gast hatte den Abt in ungewohnte Gesprächigkeit versetzt. Er begann sogar unbeholfen mit seinen feisten Händen Gesten auszuführen, die bei diesen Völkern sonst völlig unüblich sind, und erzählte Anekdoten über den Meister seiner Jugend. Ich vermochte den Geschichten wieder einmal nicht ihren Witz abzulauschen. Ich mühte mich aber dennoch redlich ab, so wie die anderen herzlich zu lachen. Nach einem unaussprechbaren Zwischenzustand einer allgemeinen – bei solchen Gelegenheiten immer an Langeweile grenzenden – Gelöstheit konnte ich endlich mein Anliegen zur Sprache bringen, ohne merken zu lassen, dass es mein Anliegen war. Den idealen Anknüpfungspunkt lieferte mir eine Anekdote, die der Abt vom Tod seines eigenen Lehrers und den Ereignissen danach erzählte. Es ging dabei um eine verschworene Gruppe seiner Schüler, die den Leichnam unter Täuschung der Wächter nachts aus dem Kloster entwendet und in einer Höhle im Berg versteckt hatten, um den unvergleichlichen Meister ganz für sich zu haben. Da sei er freilich nicht einmal bis zum Anbruch der Nacht verblieben, weil rivalisierende Schüler den Buttertee mit Mohnsaft untermischt und die Leiche in den Keller des Klosters verbracht hätten, um unter dem Vorsitz des toten Meisters ein zügelloses Fest mit übermäßigem Reiswein und den Novizinnen des benachbarten Frauenklosters zu feiern. Aus dem Munde des hochwürdigsten Abts war mir die Geschichte freilich – sagen wir zumindest – fragwürdig erschienen. Die Nonnen lachten aber darüber noch mehr als über alle übrigen Geschichten – man hätte denken können, die Priorin sei seinerzeit unter diesen Novizinnen gewesen, so lachte sie – und ich lachte mit.

In das folgende Schweigen hinein fragte ich: „Meister, man sagt ja, dass das Totengebet die höchste Form der Meditation darstellt. Soll die Anekdote, die Seine Hochwürden eben erzählt haben, eine besondere Einweihung durch dieses Totengebets erläutern?"

Seine Wurstfinger auf die Knie senkend antwortete er mild von oben herab lächelnd: „Diese Geschichte ist keine Erläuterung, sondern ein Witz, sonst hätte wohl keiner darüber gelacht."

„Ich habe aber auch davon gehört, dass im Osten gerade höchste Weisheit im Gewand des Witzes einher laufen kann."

„Dann lassen wir ihr eben dieses Gewand an. Wer von uns läuft denn schon gerne nackt auf der Straße?"

Wieder war das Gelächter allgemein. Der Abt hatte

seine Lachfalten um den Augenrand noch nicht geordnet, da meldeten die Pupillen schon den schwärzesten Ernst an: „Geburt und Tod ereignen sich nicht nur einmal, sie finden ununterbrochen in uns statt. Sicherlich liegt mitten im Totengebet der höchste Weg. Es ist aber nicht unser Weg, um den wir uns dabei bemühen, sondern der des Verstorbenen. Und doch ist es unser eigener Weg; denn um so vollkommener die Seele des Verstorbenen wird, an einer um so größeren Vollkommenheit vermögen wir selbst teilzuhaben. Dem Ungeweihten wird es kaum verstehbar sein, aber: Keine Meditation kann uns höher heben als die, die wir für den anderen unternehmen. Je vollkommener die Wiederverkörperung ist, zu der wir einem Toten verhelfen, um so vollkommener verspricht einst unsere eigene Wiederverkörperung zu werden."

Jetzt hatte ich ihn so weit: „Euer Hochwürden haben einmal gesagt, dass die Anschauung die beste Lehrmeisterin ist und ein Schlag eines Augenlids mehr Wissen einzuflößen vermag als Jahre des Buchstudiums. Könnte ich doch einen Lidschlag lang zusehen, wie das Totengebet geübt wird, gleichgültig wo."

‚Gleichgültig wo' – damit hatte ich seine Empfindlichkeit angetastet: „Man muss überall im Leben darauf sehen, dass Unterscheidungen getroffen werden. Es gibt kaum ein Kloster in Omin, in dem man es versteht, mit dem Totengebet richtig umzugehen. Nur bei uns, im Kloster zur verwehten Blüte des reinen Südlands, wird das Totengebet richtig geübt – ich sage das nur, weil es so ist."

Nachdem ich ihn einen Augenblick lang mit lauernder Überraschung angesehen hatte, kam das ersehnte Angebot: „Und ich werde dir jetzt zu sehen geben, wie man bei uns das Totengebet abzuhalten versteht."

Zwei Mönche, die man rief, legten mir eine brandrote Binde vor die Augen, fassten mich jeder an einem Handgelenk und führten mich über den Hof. Dann stiegen wir: Den drehenden Gangbewegungen entnahm ich, dass wir die Wendeltreppe emporgingen, alle acht Drehungen. Oben angekommen ging es geradewegs weiter, vermutlich einen ausgedehnten Flur entlang. Dann wurde eine Tür klirrend aufgeschlossen. Die Angeln knirschten und ein kühler, feuchter Luftzug schlug uns entgegen. Dann einige dumpfe Treppenstufen abwärts – und die beiden Mönche knüpften mit liturgischer Achtsamkeit die Binde auf, um mir mein Sehen wieder freizugeben. Über mir stand eine riesige Kuppel, die mir nicht kleiner erschien als die des Pantheon; die habe ich von meinen Rom-Besuchen noch recht gut im Gedächtnis. Wie das zurückgeworfene Geräusch von Meereswellen, das bei aller Dumpfheit ein überklares Pfeifen übriglässt, klang durch die Kuppel das Murmeln von 27 Mönchen – ich habe sie gezählt. Sie hockten auf den wüstengelben Terrakottafliesen vor einer lebensgroßen Holzfigur, die mitten in ihren eher ungeschickt geschnitzten Gewandfalten im platten Lotossitz den träge betenden Mönchen in der Vergröberung so recht ihr Ebenbild entgegenhielt – alles hell lindgrün. Auffallend an der Statue waren die Ohrläppchen, die bis auf den Boden herabhingen. Am linken dieser Ohrläppchen zog der, der am weitesten vorne saß, und sprach sein Gebet etwas aufgereckt in die hölzerne Ohrmuschel.

Der Mönch zu meiner Linken – es war der kleinere von den beiden – erklärte mir leise betulich, die Statue sei ein Bild des Heiligen, der aus dem Süden von der Insel Ceylon kommend in der frühesten Zeit – zugleich der Blüte des Glaubens – das Kloster zur verwehten Blüte des reinen Südlands gegründet habe. Der Mönch aber am langen Ohr flüsterte ihm Anweisungen zu, die zu einer guten Wiedergeburt verhelfen sollten. Die anderen Mönche beteten dafür um Heil und rechtes Gelingen.

Wie es denn möglich sei, dass dieser große Mann über die Jahrhunderte hinweg noch immer nicht zu einem neuen Körper gelangt sei, fragte ich ziemlich direkt. Ich müsse verstehen, gab mir der Kleine zur Antwort, dass dieser Heilige, Mahajunna mit Namen, schon zahlreiche Male wiederverkörpert habe, und zwar im jeweiligen Abt des Klosters. „Der Abt aber“, fragte ich weiter, „ist bei seinem Amtsantritt doch schon ein gestandener Mann. Die Wiederverkörperung des Vorgängers findet aber in einem neugeborenen Kind statt. Wie kann das gehen? Oder bleibt das Kloster nach dem Tod eines Abts jeweils für drei Jahrzehnte ohne Leitung?“ Der kleinere Mönch antwortete nicht mehr. Er verzog nur den rechten Mundwinkel ein wenig, was mir bedeutete, dass nur einer aus dem Westen derlei Fragen überhaupt stellen kann.

Der rechte, größere Mönch fürchtete, eine Höflichkeit gegenüber dem Gast könne versäumt werden, und gab mir seinerseits eine Antwort, nur dass sie nicht auf meine Frage passte: „Der Tote hier ist vor 42 Tagen verstorben. Es ist nicht mehr viel Zeit, wenn er in der Lotosblüte wiedergeboren werden soll; denn wenn die 49 Tage um sind, sucht sich die Seele den ersten besten Leib, den sie auffindet. Dies darf aber nimmer geschehen, denn das Orakel sagt, dass diese nächste Inkarnation die Welt zu verklären hat." Und dann sagte er noch etwas, bei dem mir der Zusammenhang vollends fehlte: „Die weißgelbe Birne, die ihren Stiel selbsttätig vom belaubten Zweig löst, weil der fallende Sonnenstrahl zu innig mit dem Schatten verschmilzt."

Ich sah die Sitzstatue noch einmal genauer an. Eine Ähnlichkeit mit Tiburius konnte ich nicht entdecken. Ich erinnerte mich aber auch an ein Wort des Abts, nach dem ein Bild sich nicht um die Ähnlichkeit des Äußeren zu bemühen habe, sondern um die Ähnlichkeit im Wesen. Ich hatte noch eine Frage und die stellte ich direkt an den Abt: „Hier betet man vor dem Bild des Verstorbenen. Wo aber ist der Verstorbene selbst?"

„Er liegt tiefer", war die unbestimmte Auskunft, die mich um so neugieriger machte.

„Und wo ist die Seele?", fragte ich weiter.

Der Abt sprach nicht zu mir, sondern in die hohe Kuppel hinauf: „So sehr man die Stoffe auch vermehrt, ihre Eigenart ändert sich nicht. Es gibt eben gewisse Dinge, die trotz aller Vermehrung in ihrer Art und Eigentümlichkeit verharren. Daneben gibt es auch wieder Dinge, die, nachdem sie lange Zeit hindurch mehr und mehr vervollständigt worden sind, erst durch den letzten Zusatz eine Veränderung erfahren, die ihnen ein neues, gegenüber dem früheren verändertes Gepräge aufdrückt. *Ein* Stein macht das Gewölbe, nämlich jener, der die einander zuneigenden Seiten zusammenkeilt und durch seine Vermittlung bindet. Wie kommt's, dass der letzte, wenngleich nur geringe Zusatz so entscheidend wirkt? Weil er nicht vermehrt, sondern vollendet. Gewisse Dinge streifen im weiteren Fortgang die frühere Form ab und nehmen eine neue Gestalt an."

Nach dieser Auskunft verband man mir wieder die Augen und führte mich zurück. Das Gewölbe rauschte mir noch lange nach.

So ist das Klosterleben hier.

Liebe Frau Dr. Malloney, ich hoffe, dass Sie mit diesem ersten Brief, den ich Ihnen je geschrieben haben, etwas anfangen können. Vielleicht lässt sich das alles ja noch einmal analytisch bearbeiten

Ich grüße Sie in Ergebenheit
Ludmilla Della Fonte

Meditationsetüden

Zwischen dem wilden Wein schaut der hohe Nachmittag durch die Verandawand ins Zimmer. Einer dieser Nachmittage, an denen die Menschen sich verlieren. Es sind zwei Menschen, die sich im Verandazimmer verlieren. Tiburius und Leontine sitzen in der Mitte auf einem brandroten Teppich, eingewebt zwischen weiße Tauben und Lilienblüten. Beide sind sie nackt und sie sitzen: Leontine auf Tiburius. Sie sitzen unbewegt. Das verglaste Sonnenlicht fällt über Leontines blassen Rücken hinunter auf die hinteren Backen, die sie leicht in der Schwebe hält. Nur ein schwarzes Halsband zertrennt die marmorne Blöße ihrer Haut. Das Halsband ist aus dem gleichen Samtstoff wie die Schleife, die das Haar zusammenhält – Haar, weiß wie zu Salz verdampftes Meereswasser. Die Haarschleife schürzt sich aus dem Ende der Binde, die ihre Augen verschließt.

Die Sonne scheint auf die Hände, die Tiburius über ihre Hüften hält – sie sind schwellender, als man es der Bekleideten angesehen hätte –, so nahe, dass er sie gerade noch berührt. An seiner linken Hand wirft der goldene Ehering das Nachmittagslicht ins Verandaglas zurück.

„Wir müssen die Augen verbunden haben, damit wir den Anderen nicht so sehen, wie er ist, sondern so, wie er sein soll. Die sehenden Augen machen den Anderen zum Spiegel, der lediglich das eigene Gesicht zurückwirft und dadurch den Blick verstellt. Der Weg zur Gottheit führt aber nur über den Anderen. Einige sagen sogar: Der Andere ist Gott. Mit verbundenen Augen erspüren wir in seinem Ebenbild Gott selbst." Leontine wechselt von ihrem sanft belehrenden Grundton jetzt auf ein singendes Flüstern über: „Erst mit verbundenen Augen sehen wir den Lotoskelch, der sich unter uns öffnet und seine weißen Blütenblätter nach überallhin weit ausstreckt. Die Karneolfäden aus dem Innern dieser Blüte sind es, wodurch unsere betenden Beine miteinander verschlungen sind, *amado con amada, amada en el amado trasformada* – so wie es wahre Gatten in Ewigkeit sollen. Die Blütenkraft, wenn sie erst aus der Freude unserer Hüften ganz hinaufgestiegen ist, diese Blütenkraft wird uns beide schließlich von oben her überschütten. Enger ineinandergeschmiegt als je ein Paar zuvor und dennoch ohne sich zu berühren, schwebt man in ein Hinauf, das kein Hinauf mehr ist, sondern ein Nirgendwohin. Richtung kommt nicht mehr zum Zug, Wandlung ereignet sich. Die Farbe des Azurhimmels, das Weiß der Milch – unsere erste Nahrung –, Karneol und Jaspis. Der Stoff, aus dem wir gemacht sind, erübrigt sich. Unsere Verhärtung löst sich auf in Klang, Farbe und ein Aroma so zart, dass wir es hier nicht wahrnehmen, und um so kräftiger, je weiter es von uns ausströmt."

Und Tiburius nimmt es doch wahr, dieses Aroma. Noch während Leontine den letzten Satz beschwörend flüstert, riecht er Zimt, Vanille und Patchouli in einer so unausweichlichen Tönung, dass er eine Beimischung von Opium vermutet. Woher aber kann Leontine überhaupt ein Flakon dieser kräftigen Duftessenz genommen haben, wo sie doch völlig nackt auf ihm sitzt und ihre Kleider weit ab auf dem Hocker vor dem Clavecin liegen. Und wo läge er jetzt, der geleerte Flakon? Und wie hätte Leontine überhaupt nach einem solchen greifen können, wo er doch ihre Hände unablässig auf seinem Rücken spürt und ihre Fingerkuppen sich über seinen Lendenwirbeln küssend begegnen? So war dieser Regenbogen aus Duft nur seine Einbildung!

Eine Einbildung, hervorgerufen allein durch das Flüstern dieser Frau ihm gegenüber in der prächtigen Blässe ihrer distanzierten Nacktheit und gekrönt von der kalten Weiße der Haare, die mit der resignierten Jugend der darunterliegenden Augen in ständigem Streit liegt. Den Anblick hat er deutlich vor seinen Augen, auch wenn sie zugebunden sind. Und dabei darf er doch über Leontines Nacktheit keine Vorstellung haben, weil sie sich die Augen bereits verbunden hatten, bevor sie sich – in einer Langsamkeit, die ans Unerträgliche rührte – gegenseitig die Kleidung entzogen.

Dieser Duft! So stark, dass Tiburius fast davonlaufen muss. Dieser Duft und nichts als bloße Einbildung. Tiburius hatte immer wie selbstverständlich für sich in Anspruch genommen, unempfindlich gegen Sinnestäuschungen zu sein. „Bei wem haben Sie gelernt, Leontine, über das Sinnesorgan eines Menschen Herrschaft auszuüben?" Tiburius sieht keinen anderen Weg der Frage als den direkten.

„Wäre es wirklich so, wie Sie meinen, dass ich eine – gibt es das? – Technik habe, Sinnestäuschung bei anderen gezielt auszulösen, wäre es wirklich so: Jeder halbwegs intelligente Mensch müsste Ihnen sagen, dass gerade das der beste Grund dafür wäre, es auch zu leugnen. Ich sage also klipp und klar: Ich habe nie einen Meister gehabt, geschweige denn in einer Sache, die man bei keinem lernen kann."

Kalte Ironie. Setzt Leontine ihr vertuschtes Lächeln auf, um diese Ironie abzumildern, oder ist die Ironie nicht vielmehr eine Maske, die sie schützend vor die verwundbare Offenheit stellt, die ihr Antlitz nicht ganz verstecken kann?

„Sie haben also nicht gelernt, was man nicht lernen kann, Leontine. Ich begreife das. Aber wenn Sie schon nicht die Sinne zu täuschen verstehen, so verstehen Sie doch, wie man den Sinnen Ton und Farbe gibt. Sie verstehen es, den Körper des anderen anzurühren, ohne ihn zu fassen. Sie wissen die Zartheit Ihrer Fingerkuppe zum Schwerpunkt des Weltalls zu machen. Sie haben die Kunst des Liebens von Grund auf studiert, Leontine, anders kann ich es nicht glauben. Ich weiß es: Sie waren in Indien, dem Land, in dem man in geschlossenen Kreisen die vollendeten Sexualtechniken übt, mit denen Mann und Frau sich im wachen Selbstvergessen der Seele der Welt restlos zurückgeben."

Der Nagel des Mittelfingers, den Leontine ihm nun über einem unteren Rückenwirbel leicht in die Haut eindrückt, ist das erste, was er von ihrem Körper wirklich spürt. Ihr Flüstern ist gleichbleibend.

„Es ist für mich geradezu eine Schmeichelei, Tiburius, wenn Sie als mein Gegenüber und als Mann des Wissens meine Kunst unmittelbar von der großen Heimat des rechten Liebens herleiten. Aber ohne Verstellung muss ich sagen: Ich bin in diesem Leben noch nie in Indien gewesen, ebensowenig wie in Arkadien. *Et in Arcadia ego*, das ist nicht mein Fall. Aber trotzdem, es hat keinen Sinn, es abzustreiten. Um mein Wissen parat zu haben, muss man durch eine strenge Schule gegangen sein, und um es anwenden zu können, ist tägliches Üben unerlässlich. Sicherlich, die Disziplin als solche kommt von Indien her, meine Schule aber ist hier am Ort. Wir üben da die östliche Liebe, aber mit der neuen Ausrichtung nach Westen hin."

Tiburius überlegt: ‚Wo absolviert sie denn wohl ihre täglichen Etüden? Bei dieser Fertigkeit, die sie mir beweist, frage ich mich, wo in unserer kleinen Stadt eine solche Schule zu finden sein soll. Niethammer, dieses Nashorn, hat damit auf jeden Fall nichts zu tun.' Mit verdächtiger Schnelligkeit geht Leontine von dieser mysteriösen Schule auf allgemeine Sentenzen über: „Die großartige indische Liebeskunst hat eigentlich erst im Westen zu sich selbst gefunden. Die westliche Wissenschaft ermöglicht es uns, die kosmische Intuition des Orients in exakte Erkenntnis zu überführen. Eine Bewegung, die eben erst in Gang gekommen ist. Sicher ist aber, dass nicht die Theologen, sondern die Naturwissenschaftler die mystische Sprache der Zukunft schaffen werden. Mit Hilfe der Quantentheorie werden wir die Widersprüchlichkeit des Yoga ein für alle Mal verständlich machen. Und die Liebeskunst des Tantra wird fassbar, wenn wir die physikalische Disziplin gelernt haben, die Materie als Lichtwelle zu begreifen. Wenn wir mit dieser Methode die geheimnisvolle Tradition des Ostens mit der westlichen Gesetzestreue anreichern, kann endlich gelingen, worauf alles ankommt, nämlich unsere menschliche Person in die Identität eines Rhythmus aufzulösen."

Was sagt sie denn da, die Frau, die hier nackt und mit ihm nahezu untrennbar verschlungen und besitzlüstern seine ‚Kostbarkeit' (so steht das Wort zumindest in ihrem Vokabular) unentrinnbar festnimmt? Die Spiritualität, die er sich von ihr versprochen hat, heißt für sie: exotische Trips im Rahmen ihrer Schickeria, unreflektierte Wiedergabe von halb Gehörtem, Banalität, Oberflächlichkeit und wesentlich Leere.

Ist es so? Nein, während sie redet, empfindet Tiburius die Leontine, die er in seinen Armen hält, als die Tiefe, als die Höhe, als die Unmittelbarkeit, als die Unendlichkeit.

Die ausgetretenen Phrasen, die sie redend noch einmal begeht, bedeuten wenig für das, was sie wirklich ist.

Nein, Tiburius erliegt keiner Täuschung. Es ist auch so: Die Art, mit der sie jetzt im Liebesspiel es gänzlich unglaubhaft erscheinen lässt, dass menschliche Körper daran teilhaben, ist dieselbe Art, die er immer schon an ihr mit hoher Aufmerksamkeit wahrgenommen hat, wenn sie im Spiel am Clavecin saß. Dieses blasse, durchlässige Gesicht, unter dem die Töne kaum hörbar zu schwingen anheben wie von der Berührung des ersten Morgenlichts, dieses blasse Gesicht, was hat es mit Ludmilla zu tun? Er empfindet zum ersten Mal körperlich das Nichts. Und doch muss er immer an sie denken. Ludmilla.

Warum?

Was hat er doch eben in sein Tagebuch geschrieben, bevor Leontine an das Verandafenster klopfte? Sie hatte einfach mal vorbeikommen wollen bei ihm und Ludmilla, von der sie wusste, dass sie nicht da war. Er denkt jetzt anderes, denkt nicht mehr.

Wir werfen zwischendurch einen Blick in sein Tagebuch

Wir leben in einem Jahrhundert, in dem es das Licht der Natur ist, das den Menschen erhellt. Dieses Licht ist vielfarben, ein Regenbogen. An der Stelle, an der es die Erde berührt, liegt ein Topf voller Goldtaler vergraben. Wer aber ist in der Lage, auf diese Stelle mit dem Spaten zu treffen? Die Schönheit der Welt ist nicht mehr, weil das Lied nicht mehr ist. Die menschliche Rede vermag sich nicht mehr in der Schönheit der Welt, die Welt nicht mehr in der Schönheit der menschlichen Rede zu spiegeln. Und dies ist so, solange unsere Mitteilung über die Welt der Dinge erfolgen wird.

Ökologie, Denkmalschutz, Welterbeliste. UNESCO. Alles ist auf Bewahrung aus. Neuschöpfung, Beginn sind uninteressant geworden. Wer kann da noch ein Lied singen? Es fehlt der Anfang der Melodie.

Goethe an den Mond:

Füllest wieder Busch und Tal
Still mit Nebelglanz.
Lösest endlich auch einmal
Meine Seele ganz.

Wie kann ich meine Seele lösen, wenn wir der Welt der Dinge, Busch, Tal, Nebel, Fluss so verpflichtet sind, dass sie sich zwischen mich und meine Seele stellen?

Lösest endlich auch einmal meine Seele ganz.

Bert Hellinger. Wie Liebe gelingt. S. 323:

„Teilhabe an einer gemeinsamen Seele. Wissen, das nicht aus der Mitteilung kommt, sondern aus der Teilnahme."

Die Welt der Dinge, die Grundlage unserer Sprache, wird überflüssig, sobald die Teilnahme an der Seele gewonnen – wiedergewonnen – ist. Die Teilnahme an der Seele ist ein Mitsingen beim großen Lied. Welches Glück, dass der Reichtum der Natur, dass alles verseucht, verschmutzt ist, die sichtbare Welt verplant, die Güter ausverkauft! So machen wir uns endlich klar, dass mit der Erscheinung nichts anzufangen ist, besser noch *nicht* anzufangen ist. Kein Anfang.

Lösest endlich auch einmal meine Seele ganz.

Es gibt aber die andere Schönheit, die den Dingen enthoben ist. Wir wissen um sie, aber wir kennen sie nicht. Nur die Liebenden, die an der Seele des Anderen Teil haben, kennen sie. Es gibt sie aber nicht, diese Liebenden.

Die letzte Etüde

Sehr bedachtsam führt Leontine die Fingerspitzen der linken Hand in die Höhe der verbundenen Augen und als ob sie Tiburius gar nicht gehört und nur selbst eine Redepause gemacht hätte, fährt sie fort zu flüstern – in ihrem Flüsterton klopft jetzt ein Skandieren.

„Unser Ritual zur linken Hand schreibt vor: So wie die Augen verbunden sein müssen, damit man das Du nicht äußerlich, sondern von innen sieht, so ist es auch nicht gestattet, es mit dem eigenen Ehegatten zu üben." Leontine führt die Kuppe ihres Mittelfingers bis zum Antasten heran an den schwarzen Samt der Binde, die das Licht ihrer Augen in die unbarmherzige Geradheit des Seelenraums zurückwirft.

Tiburius hebt seine Hände ein wenig von Leontines Hüften, die von ihnen unmerklich nach oben gezogen werden, bis sie seine Handinnenflächen stützen. Nicht anders hebt Tiburius auch seine Stimme leicht an: „Gerade hier, Leontine, in dieser Vorschrift, liegt der Fluchtpunkt von Gattenliebe und ehelicher Treue. Eben die Verklärung, die unser Körper blind und im Gegenüber mit dem Fremden gewinnt, diese Verklärung am Ungeahnten und Fremden bereitet die hohe Vermählung vor, die sehend in der Seele der rechtmäßigen Gatten geschieht. Jetzt schauen wir in einen Spiegel und sehen nur rätselhafte Umrisse, dann aber schauen wir von Angesicht zu Angesicht. Jetzt erkenne ich unvollkommen, dann aber werde ich durch und durch erkennen. Es ist das Wesen der Gatten, dass sie sich nie der ganz Andere sein können. Erst aber im ganz Anderen erfahren wir die kostbare Entfremdung, die unentbehrlich ist als Vorschule zur letzten Verwandlung, in der zwei Gatten die große Schönheit der Welt neu und für immer erschaffen."

Leontine schweigt und nicht anders, als sie damals an jenem Abend die schwarzen Tasten des Clavecins klanglos berührte, verharrt sie unbewegt auf Tiburius. Zwei Augenbinden schließen der Sprache des Blicks den Mund. Von ihren Hüften aufsteigend aber ertastet Tiburius Leontines Unwillen über das, was er eben gesagt hat. Will sie lediglich diesen Unwillen verbergen, wenn sie nun recht verständnislos bemerkt: „Niemand ist fremder als der eigene Gatte. Deshalb üben wir die Liebe mit dem, der uns nahe steht: mit dem Fremden".

Von da an wird im Verandazimmer nicht mehr gesprochen. Im Bewusstsein ihrer Kunst und mit der Gelassenheit derer, die nichts mehr erwarten, führen Tiburius und Leontine ihre Meditation zum Ende, wenngleich es ja eigentlich hier unsinnig ist, von einem wahren Ende zu reden.

Wenn sich zwei Fremde, wie Tiburius und Leontine es einander sind, vereinen, so werden sie ebenso wenig fertig werden, wie die Welt selbst fertig wird. Ihr Versuch, mit verbundenen Augen eins zu werden, ist wie ein Teppich, der noch im Webstuhl eingespannt liegt: Es fehlt der Saum. Der fehlende Saum wiegt immer schwer. Es ist doch so: Das, was uns begegnet, muss mit einem Saum begrenzt sein, wenn es uns nicht verzweifeln lassen soll. Aber am großen Weltmantel mit seinen weißen Turteltauben und Lilien im Gewebe ist bis heute ein Saum noch nicht einmal begonnen.

Oh cristallina fuente,
si en esos tus semblantes plateados
formases de repente
los ojos deseados!
que tengo en mis entranas dibujados
Apàrtalos, Amado,
Que voy de vuelo!

Die Nachmittagssonne geht nun auch über das Glasdach und Psyche wird über Stirn und Nase hell bis hinunter zum Ansatz der linken Brust.

Ludmilla schreibt noch einmal an Serpentina

Omin, im Kloster der verwehten Blüte vom reinen Südland
24. Dezember 2008

Verehrte Frau Dr. Malloney,

Endlich habe ich Sicherheit, auch wenn es enttäuschende Sicherheit ist – es ist Sicherheit und Sicherheit macht frei. Gestern animierte ich die drei Nonnen zum Versteckspiel – sie sind ja doch Kinder – und schlug vor, in die Kellerräume zu gehen, wo es Nischen, Winkel und dunkle Kammern genug geben müsse. Die eisenbeschlagene Tür, die das Untergeschoss unseres Frauengästehauses vom Keller des Hauptklosters abschließt, war schnell aufgemacht, nachdem unsere Priorin aus dem Brustbausch ihrer Kutte einen langen Messingschlüssel zog, der mehr oder weniger in jede der Klostertüren passen sollte. Und das alberne Kinderspiel ging los. Sie können sich nicht denken, wieviel da gekichert wurde. Jede von uns vier trug eine brennende Fackel bei sich – wer an der Reihe war sich zu verstecken, lehnte sie an die Wand.

Das Klosterleben bietet vermutlich wenig Abwechslung. Es war beinahe unmöglich, an ein Ende des Spiels zu denken. Für mich mehr Gelegenheit als nötig, mir jeden der leeren Kellerräume genau zu besehen. Aber etwas anderes als strengen Modergeruch konnte ich nicht vorfinden, ab und zu lief eine Maus piepsend davon. Kein Sarg nirgendwo. Nicht eine Spur. Jetzt weiß ich es, und ich weiß es auch von innen: Dieser Ur-Körper von Tiburius ist nicht da, es gibt ihn nicht und es hat ihn nie gegeben. Ich werde zurückfahren, ohne ihn gefunden zu haben, aber ich werde auch zurückfahren mit der Erkenntnis, dass das Gesuchte gar nicht existiert.

Es ist eine Erkenntnis, die nicht frei macht. Um so brennender wird mir jetzt die Frage nach dem Grund, warum Tiburius von diesem Sarg mit seinem eigenen Leichnam erzählt hat, den es doch nicht gibt. Ich bin mir – innen – ganz sicher, dass Tiburius nicht aus Spaß davon geredet hat. Ich sehe jetzt den einen unendlichen Hintergrund.

Als das Spiel endlich doch irgendwann zu Ende war und die Priorin die Tür wieder zugeschlossen hatte, gingen wir – immer noch außer Atem – zur Abendmeditation. Später kam der Abt mit zwei Mönchen dazu: Es waren wieder dieselben, der Große und der Kleine.

Der Große – sein Nacken etwas krumm nach vorn gebeugt, wohl von zu vielem Beten – brachte uns allen den Tee. Die Butter darin schmeckte ranziger als sonst. Ich probierte auf alle möglichen Arten, das Gespräch auf den Bürgerkrieg zu bringen, der von einem umstrittenen Grenzgebiet nun immer mehr auf die ganze Provinz Omin überzugreifen scheint – so hatte ich es zumindest dem entnehmen können, was die Nonnen schwätzten. Der Abt verstand das eine Mal meine Sprache nicht, das andere Mal kam er mir mit einer dieser Anekdoten, die arrogant leicht dahingesprochen sind, arrogant, weil sie dabei auch einen Tiefsinn in Anspruch nehmen, der über jeder Wissenschaft steht.

Das Fragespiel hatten wir schon öfter durchgespielt. Dieses Mal wiederholte ich mich aber bis zur Unhöflichkeit. Diese meine Unhöflichkeit konnte immer nur die westliche sein. Mit seiner östlichen Version der Unhöflichkeit – sie erweist sich am Ende als die kräftigere – gab der Abt erleuchtet und endlos geduldig immer wieder seine Antworten, die keine Antworten waren.

Irgendwann gab mir der Kleine bei der siebenten Tasse Tee doch eine Art Antwort. Im Nachbarland, sicherlich, da habe es ein gewisses Durcheinander gegeben: Die Sozialisten hätten Rabatz veranstaltet, mit einem gewissen Achtungserfolg – ich spürte versteckten Hohn. „Das alles hat aber letztlich nur dazu gedient, dass den ‚Autonomen Brüdern des Freien Glaubens' weitere Kraft zugeflossen ist." Diese ‚Autonomen Brüder des Freien Glaubens' sind eine radikal-religiöse Formation, ihre größten Gegner hierzulande die Sozialisten. Beide Parteien streiten sich im kleinen Nachbarland – einem winzigen Gebirgsstaat – um den Nachlass der Monarchie, die eigentlich nur noch aus dem Goldchrom an der Staatskarosse besteht, in der sich der Fürst an den großen Festtagen durch die Straßen der Hauptstadt fahren lässt. Unmittelbar vor den Parlamentswahlen, die in zwei Wochen stattfinden sollen, erwartet man schwerbewaffnete Ausschreitungen, einen richtigen Militärputsch. Die Macht wird unweigerlich auf eine der beiden Parteien übergehen, unklar nur, auf welche. Das weiß ich alles längst. Auch was die Nonnen schwätzen, ist wenig Neues, und was mag man außerdem auf sie geben? Aber der Teehändler, der immer wieder einmal unter seiner schwerbehängten, blechklappernden Kiepe geduckt den Steinweg zu uns nach oben kommt, hat auf hundert Stationen erfahren, was vor sich geht. Es ist wohl keine Frage mehr: Der Putsch auf der anderen Seite wird zu einer Annektierung der Provinz Omin führen. Die Waffenlager dort sind gefüllt und auch hier, in Omin, herrscht Spannung. In der Folge dürfte ein bewaffneter Konflikt zwischen den beiden großen asiatischen Schutzmächten kaum vermeidbar sein. Vierzehn Tage sind wenig Zeit, zumal es ohne Weiteres vorher losgehen kann.

Ein Blinzeln, das ich sonst nie am Abt bemerkt habe, deckte mir mit einem Male alles auf. Zunächst einmal, dass er alle meine Briefe, die ich immer einem Mönch mitgab, erbrochen und studiert hatte, bevor sie zur Post gingen. Er weiß recht gut, warum ich hier bin und was ich suche. Nur deshalb hat er mich zu dieser Holzstatue geführt, vielleicht hat er sie sogar eigens für mich in diesen Raum mit seiner mystischen Atmosphäre bringen lassen. Er hat meine Einbildung zu der einen Hälfte Wirklichkeit werden lassen, damit ich in der Hoffnung lebe, dass der zweite Teil es auch wird. Ach Tiburius, jetzt weiß ich es: Bis ich deine Leiche sehen kann, muss ich wohl noch ein bisschen warten. Er ist also nicht mehr als ein kleiner Schwindler, der Abt. Mir ist nur nicht einsichtig, warum er mich hier so lange hinhält. Wenn es wegen der Dollars ist, die ich für Unterbringung etc. jede Woche einigermaßen großzügig hinlege, dann besteht für mich kein Grund zur Beunruhigung, nicht einmal zum Ärger: Die drei Monate, die ich hier verbracht habe, haben mir meine verrenkte Seele wieder gerade gerückt. Das Geld war auf jeden Fall gut verwendet. Die Nonnen sind mir ans Herz gewachsen. Und schließlich hätte ich es gleich wissen müssen, dass mich Tiburius nicht ernst genommen hat. Eigentlich habe ich es doch schon immer gewusst.

Dieses Blinzeln: Nicht der Abt hat sich selbst entlarvt; er hat mich vor mir bloßgestellt, freigelegt wie eine verkrustete Statue aus archäologischer Grabung. Ich fürchte aber, sein eigentlicher Grund mich hier zu behalten ist der Bürgerkrieg vor seiner Tür. Bin ich ihm gerade recht als europäische Geisel, die er dann im Kloster festsetzen kann, sobald sich seine Partei der ‚Autonomen Brüder des Freien Glaubens' behauptet und nur noch die Anerkennung des Auslands braucht?

Jedenfalls ist es allerhöchste Zeit, hier zu verschwinden. Aber wie soll ich mit dem Abt umgehen? Ich glaube, am besten wird es sein, jetzt auch meinerseits den Pfad der Erleuchtung zu beschreiten.

Ich muss jetzt auch an Tiburius schreiben. Vielleicht kann er über unsere Botschaft erreichen, dass man mir die Ausreise ermöglicht. Wie soll ich ihm aber jetzt schreiben, wo ich zum ersten Mal erfahren, geprüft und für richtig befunden habe, dass er, mein Mann, beides ist: Seele und Leib. Wie soll ich ihm schreiben, wie kann ich in Zukunft mit ihm reden, wo ich erkannt habe, dass er der ganz Andere ist, nämlich er selbst? Auf welche Weise soll ich ihm die politische Lage jetzt schildern, was soll ich sagen über Sozialisten und Fundamentalisten? Politik interessiert ihn brennend – jedenfalls war ich bis jetzt dieser festen Überzeugung. Und wenn ich dann vom Abt erzähle, von seiner Weisung und von meinem Weg nach innen, wird ihn das noch mehr interessieren – jedenfalls war ich bis jetzt dieser festen Überzeugung. Er wird diese Interessen auch bei mir erwarten, aber dass ich hierher gereist bin, um seiner eigenen Urvergangenheit zu begegnen, das wird er nicht ahnen – jedenfalls war ich bis jetzt dieser festen Überzeugung.

Ist es richtig, wenn ich Bedenken habe, ihn im gleichen Brief zu bitten, sich mehr um Vater zu kümmern? – Bedenken, Tiburius könnte sich zu sehr gedrängt fühlen und seine Aggression auf Vater noch verstärken? Aber die Spannung zwischen den beiden, die wir hundert Mal in den Sitzungen bearbeitet haben, gibt es vielleicht gar nicht und wir müssen mit der ganzen Arbeit von vorne beginnen wie bei einer Jacke, die man vom ersten Knopf an falsch zugeknöpft hat: Hier wie dort muss man ja nicht allein wieder von vorne anfangen, man muss zuallererst den falsch begonnenen Weg schleunigst zurückgehen.

Das alles muss ich mit Ihnen bearbeiten, bevor ich überhaupt etwas weiß. Aber der Brief an Tiburius ist für mich lebenswichtig. Wer soll denn sonst die Botschaft anrufen und schließlich muss mich auch jemand bei der Ankunft vom Flughafen abholen und nach Hause bringen.

Und noch etwas: Lassen Sie mir bitte einen Platz in der nächsten Beziehungsskulptur vormerken.

Ihre ergebene
Ludmilla Della Fonte

PS. Diesen Brief bringe ich selbst nach Mahore. Oder nein. Das Beste ist doch, ich gebe ihn wieder dem Mönch mit zur Post.

Tiburius denkt nach über Erwählung und Heiligkeit

Habe ich mich für einen Erwählten gehalten? Warum so zäh daran glauben, wo doch alles dagegen spricht. Ein Stein, achtlos auf die Straße geworfen. Die Straße führt irgendwohin, hat ein Ziel. Der Stein aber ist hingeworfen und alles, was zum Ziel will, fährt über ihn hinweg. Ja, sie lassen sich leicht überfahren, die Erwählten. Viele sind berufen, wenige auserwählt – aber die lassen sich leicht überfahren. Nicht so die Heiligen, die lassen sich nicht überfahren. Sie fahren über die anderen hinweg, einfach hinweg – und zuerst über die Erwählten.

Das sind ganz andere, die Heiligen. Die Heiligen sind die Ganzen und lassen sich nicht an ihren Karren fahren. Sie sind groß und sie sind mobil. Über die Erwählten fahren sie einfach hinweg. Und Recht haben sie. Die Erwählten aber sagen: Heilig kann jeder werden, irgendwie – aber erwählt sind wenige. „Kann ja sein", sagen die Heiligen, „aber wir fahren über euch hinweg, achtlos und ohne zu zählen, ob ihr viele seid oder nur noch wenige. Ihr seid einfach gleichgültig, ohne Wert. Amen." Ludmilla ist eine Heilige.

Serpentinas Trost ist ihr Trost, aber ein kalter. Wer kann damit etwas anfangen? Wo ist das Quantum Wärme, eine Lichtbrücke? Und Ludmilla: Welchen Trost – wieso überhaupt Trost? – erwartet sie sich von dort, warum schnappt sie wie verzweifelt nach dem Hoffnungslicht und wie sollte es ausgerechnet von dorther kommen, wo ihr so viel Hass erwachsen ist? Der Hass, den wir – und das mit Recht – gegen den schüren, der sich helfend in unser Leben einmischt.

Theo schreibt an Tiburius

Mahore, 6. Januar 2009

Es ist längst Zeit, dass wir Dir aus Indien schreiben, damit Du, wenn Du aus Deinem heimatlichen Verandazimmer auf die Hortensien hinausschaust – und vielleicht sogar die Blüte der Bougainvillae voraussiehst, als sei es schon der kommende Sommer –, wenigstens mit Geist und Seele auf unserer Indienreise eine Etappe mitreisen kannst. Zünde zwei Räucherstäbchen an – am besten Patchouli oder Sandelholz – und lass Dir erzählen.

Wir haben gestern Abend ausgerechnet hier im abgelegenen Norden des Landes eine unserer ältesten Gandersheimer Bekanntschaften erneuern können. Kannst Du erraten, welche?

Die zweite Hälfte unserer Reise, die uns von Madras aus in den Norden brachte, verlief eigentlich weniger aufregend, als wir uns versprochen hatten. Nur der Tempel von Randoo mit seinen hocherotischen Reliefs an der Fassade und die „Insel der unsichtbaren Tänzerinnen" im Haspoore-See, auf dem smaragdfarbene Wasserlinsen den Wasserspiegel grundlos machen und im Reflex die Riesenplatanen zu einem silbergrünen Tibetteppich wandeln, der erst mit dem

Uferrand drüben seinen Saum findet ... An diesen Stätten haben wir beide etwas von dem finden können, was wir in Indien an Wunder erwarten. Ich suche hier die Befreiung aus den Formen meiner eigenen Kunst, mit denen ich mir langsam, aber zwingend, selbst ein Fahrgleis vorgegeben habe, aus dem ich nicht mehr heraus kann und das mich nur noch weiterführt, immer geradeaus, Du weißt, wohin. Ent-Gleisung, das ist mein Wunsch und Melissa vermutet hier das Bild des Weltatems – hier oder irgendwo.

Hier, von Mahore aus, wollen wir die bedeutenden Fresken in den Klöstern der gesamten Umgebung besichtigen: „Tore zum Tag" nennen die Mönche ihre Wandbilder, warum, das kann niemand so genau sagen.

Über den See von Haspoore, seine dimensionslosen Reflexe, die lichtlosen Farben, unterhielten wir uns beim Tee vor goldbordürten Gläsern in einem Straßencafé in der Einkaufspassage im Stadtzentrum, die mit schlecht gelungenem Pariser Flair ihr westliches Möchtegern nur widerstrebend bestätigt erhält. Melissa beschrieb mir gerade in allen Einzelheiten und geheimen Tönungen ein gereihtes Ornament in Form von steif einherschreitenden Pfauen mit dem farbigen Regenbogen im Schwanz. Ein Muster, das ich weder am Ufersaum noch auf der grüngepunkteten Wasseroberfläche wahrgenommen hatte. Dass Melissa davon wirklich etwas gesehen haben könnte, davon müsste ganz geschwiegen werden – aber sie beschrieb es.

Sie beschrieb und mitten im Beschreiben stieß ihr einer Ellenbogen das goldbordürte Teeglas um. Natürlich zuckte ich zurück, als der brennend heiße Tee durch den Tweed der Hose hindurch meine Oberschenkel verbrühte. Ich nahm den Schmerz aber nicht voll wahr, denn was Melissa ausrief, war zu unerwartet: „Da geht Ludmilla!" Und wirklich, sie war es, hinten in der Passage an den Ständern eines Taschengeschäfts und – wird das jetzt auch für Dich das Unerwartete sein? – Arm in Arm mit einem Mann. Wirklich Arm in Arm, sehr vertraulich sozusagen einander zugetan, um nicht zu sagen recht intim. Wer ist der Mann? Die Augen müde und der Kopf zur Seite verdreht. Etwas untersetzt, nicht mehr ganz jung und mit einem gestutzten Bart, sieht fast aus wie Sigmund Freud, aber wie gesagt untersetzter Körperbau. Du wirst fragen, ob er einer ist, den Du kennst. Ich weiß es nicht. Möglich ist es aber schon. Ich selbst hatte ihn vorher nie gesehen, kannte ihn nicht. Melissa aber schon, sie wusste: „Er ist auch aus Gandersheim". Und obwohl sie ihn nur vom Sehen kennen will, erzählte sie immer mehr und mehr von ihm. Von Beruf ist er ein Konservator, Restaurator, oder etwas in dieser Art. Irgendwie soll er – so sagt man – für die UNESCO die Felsenklöster und Bergtempel in dieser Region in Augenschein nehmen. Mit Projekten solcher Art ist er offenbar schon seit Jahren immer wieder einmal in Nordindien befasst gewesen, soll auch mehrere der örtlichen Dialekte perfekt beherrschen. „Du scheinst ja nahezu alles über ihn zu wissen", sagte ich zu Melissa und spürte mit Widerstreben, dass in meiner

Frage ein leichtes Unbehagen mitschwang, um nicht von Eifersucht zu reden. Um über diese meine eigenen kurzen Schwingungen mehr Klarheit zu haben, fragte ich: „Aber ihn jetzt mit Ludmilla so zu sehen, das überrascht Dich, ist Dir etwas Neues?"

Die kurzen Schwingungen kamen nun bei ihr in Bewegung und es schien fast eine Niederlage für sie: „Emmanuel. Dass er mit Ludmilla zu tun hat, das ist neu für mich – ja, er heißt Emmanuel. Ich habe aber etwas anderes über ihn gehört – wenn ich nur noch wüsste, wer mir das gesagt hat. Er soll ein Verhältnis mit Leontine haben und zwar schon seit Jahren – wenn das wahr ist." Melissa schlug andachtsvoll ihre großen Augen auf: „Wenn das wahr ist, dann schaffen sie es, sich sehr gut zu behüten. Wir wissen ja, dass Gandersheim ein einziges Klatschnest ist, aber außer diesem – wer hat es mir denn nur gesteckt? – habe ich nie etwas von dieser Geschichte gehört. Allerdings hat sich dort noch etwas anderes angedeutet. Emmanuel soll mit irgendeiner indischen Sekte zu tun haben, die auch bei uns in Gandersheim mehrere Mitglieder im Gefolge hat. Irgendwie soll es da regelmäßige Treffen geben und sogar Schulungen – wenn man wüsste, wo! Dass da auch sexuelle Rituale eine Rolle spielen – stell dir vor, sogar davon geht die Rede – das ist allerdings rein erfunden." Wieder trat auf die mattschimmernd schwarzen Früchte ihrer Augen dieser glänzende Schatten. „Bei solchem Gerede wird ja immer übertrieben. Immerhin sind in diesem Zusammenhang auch einige Namen aus unserer Kleinstadt-Nomenklatura gefallen. Zum Beispiel kennst Du sicher diese Seelenmasseuse, Frau Doktor Mahagonny oder Malonny oder irgendwie so heißt sie jedenfalls."

So klein unser Gandersheim auch ist: Ich kenne diese praktizierende Seelenmechanikerin wirklich nicht.

Melissa weiter: „Außerdem ist alles sicher reiner Klatsch. Schließlich soll sogar – stell Dir die Gerüchteküche vor – Leontine Niethammer dazugehören, womöglich sogar zusammen mit Emmanuel diesem sinnlich-übersinnlichen Kreis vorstehen. Wie man so etwas auch nur andenken kann: unsere keusche und dabei mit der nötigen Blutleere versehene Leontine, die ihre Regungen, wenn sie überhaupt welche hat, höchstens auf ein verstaubtes Spinett übertragen kann." Am Ende war ich also wieder beruhigt: das übliche Gerede. Jedenfalls erstaunlich, wieviel Melissa über diesen Restaurator weiß und was man so von ihm redet.

Während keiner von uns Ludmilla hier vermuten konnte – weißt denn überhaupt Du, dass sie hier ist? – schien Melissa nicht ganz überrascht, den Restaurator hier zu sehen. Sie hatte in unserem Gandersheim darüber sprechen gehört – von wem erfährt Melissa eigentlich das alles? – dass er hier in Nordindien den Auftrag hat, eigenhändig ein Wandbild zu restaurieren, das er selbst – und er ist allerdings bislang der einzige Europäer, der es gesehen hat – in der Qualität der Malerei neben die Michelangelo-Fresken der Sixtinischen Kapelle stellt. Das Kloster soll übrigens „Zur verwelkten Blüte“ heißen. Wenn er jetzt tatsächlich hier aufgetaucht ist, wird wohl schon etwas daran sein. Der Rest ist abenteuerlich. Er soll nämlich auch als Drahtzieher fungieren bei einem Bürgerkrieg, von dem in Omin selbst niemand etwas weiß. Friedlicher als hier kann man sich das Leben kaum vorstellen – allerhöchstens noch in Gandersheim. Den Bürgerkrieg hat vermutlich er selbst erfunden oder – was noch wahrscheinlicher ist – Melissas unergründliche Informationsquelle in Gandersheim hat sich alles aus den wahrscheinlich etwas unsauberen eigenen Fingern gesogen.

Das Ende unserer Beobachtungen war noch dies: Deine Ludmilla hat schließlich doch eine passende Ledertasche gefunden und rasch gekauft. Dann verschwanden die beiden – unverbrüchlich Arm in Arm – im Reisebüro nebenan, wo man die Flugtickets bucht.

Lieber Tiburius, wahrscheinlich ist Dir das alles gar nicht so unerwartet wie uns. Ich wollte es trotzdem nicht unterlassen, Dir von Mann zu Mann einmal zu schreiben. Melissa muss von diesem Brief nicht unbedingt erfahren.

Ich imaginiere Dich in Deinem Verandazimmer
und grüße Dich ost-westlich
Theo

Wieder Tiburius' Tagebuch

12. März 2009

Wieder und wieder der gleiche Traum. Gestern Nacht aber war der Quellspiegel für mich zum ersten Mal offen sichtbar. Ich wage es selbst hier im geheimen Tagebuch nicht auszusagen, wie mein echtes Spiegelbild aussieht. Es ist mir nur gestattet, im Gleichnis davon zu reden, und so schreibe ich es hier, nicht ohne das Beben meiner Hände: Mein Spiegelbild war Ludmillas Antlitz. Mein Spiegelbild, mein Antlitz ist – nein: Mein Spiegelbild, mein Antlitz *muss* das Antlitz des Anderen sein.

Beim hastigen Vorübergang verschwimmt es schnell wieder, das milchige Lächeln der Mädchenmutter, unsere lange Erinnerung – aber vorbei, *tempi passati*.

Warum die Angst im schwarzen Glanz dieser Augen – Tollkirschen sind sie – warum?

Der Engel des ersten Tags geht vorüber. Windäther, verperlt in Myriaden Schaumbläschen. Der Fächer wieder geschlossen, erloschen das Lichtspektrum.

Die Schönheit, die ich nicht kenne, aber liebe, wer kann sie ertragen?

Novalis: *„Als außerirdische geistige Wesen streben wir nach irdischer Ausbildung, nach Körper überhaupt."*

Paulus: *„Stückwerk ist unser Erkennen, Stückwerk unser prophetisches Reden, wenn aber das Vollendete kommt, vergeht das Stückwerk"*. Und: *„Die Liebe hört niemals auf"*.

Strebt Ludmilla vom Vollkommenen zum Stückwerk, oder bin ich es, der das tut? Stückwerk wird die Gestalt, an der ich Kostbares und Wertloses unterscheide. So zerlege ich das eigene Antlitz. Mit der Wertung habe ich mein Antlitz eingeschätzt und mir angeeignet. Als mein Eigentum aber ist es nicht mehr das meine. Mein Antlitz besitzt in Wahrheit keinen Wert und ich besitze nichts daran, denn das Antlitz des Anderen ist mein eigentliches Antlitz. Diese Armut, die Besitzlosigkeit am eigenen Antlitz, ist höchster Besitz, der mir vollendete Gestalt schenkt.

„Vielmehr geht es in den meisten Fällen um Hinzufügung an Kunstwerken, die nicht nur ihre potenzielle, sondern ihre ursprüngliche Einheit zurückgewinnen könnten, wenn diese Hinzufügungen soweit wie möglich abgenommen würden. Wenn wir das Problem aus ästhetischer Sicht betrachten, werden wir feststellen, daß sich die Schwerpunkte im Vergleich zur historischen Instanz, bei der die Erhaltung von Hinzufügungen an erster Stelle steht, ins Gegenteil umkehren. Die Instanz, die der künstlerischen Gestaltung des Werks entspringt, erfordert die Abnahme von Hinzufügungen. Damit zeichnet sich ein

möglicher Konflikt mit den historischen Forderungen ab, die seitens der historischen Instanz gestellt werden. In der Theorie kann ein derartiger Konflikt natürlich nur schematisch dargestellt werden, da sich diese Debatte immer auf einen ganz spezifischen, unwiederholbaren Fall bezieht. Aber die Lösung des Problems läßt sich nicht von oben diktieren, sie muß vielmehr von der Instanz empfohlen werden, die im jeweiligen Fall mehr Gewicht hat."
Aus: Cesare Brandi. Theorie der Restaurierung. München 2006. S. 78.

Ästhetische Instanz oder Historische Instanz? Und das Beben der Schwelle des Tempels, der rote Weihrauch, der in manchen Augenblicken aus den Ritzen quillt?

Theos Brief lässt mir keine Ruhe. Warum? Und stimmt die Geschichte überhaupt und stimmt sie so, wie Theo es schreibt? Ist es nicht einfach so, dass Theo eifersüchtig ist und mich in diese Eifersucht hineinziehen will? Hat Melissa vielleicht all diese Gerüchte nur erfunden, weil sie neidisch ist auf Ludmilla und Leontine, oder weil sie wegen Theo eifersüchtig ist, oder weil ...?

Wenn ich wüsste, was Erich mit dieser Statue im Vestibül nur hat. Dauernd ist er um sie wie ein Wachhund. Er mochte sie doch früher nicht. Ist sie ihm jetzt vielleicht Ersatz für die verreiste Tochter?

„Als Metapher steht das Wort Seele in der Regel für den tieferen, unsichtbaren Kern einer Person oder Sache. So heißt etwa bei der Wendeltreppe der freie (oder tragende) Teil, um den sich die Stufen schraubenförmig winden, ‚Seele'. Rembrandt zeigt eine solche Treppe neben der Darstellung eines Philosophen. Als ‚Seele' wird auch der eingedrehte dünne Strang im Kern eines Seiles bezeichnet. In der Posamentiersprache spricht man von der Fadenmühle, welche dazu dient, einen Kernfaden schraubenförmig zu umwinden beziehungsweise zu überspinnen. Bei den Geschützen und den Feuerwaffen wird die Höhlung des Laufs ‚Seele' genannt. Ebenso heißt bei den Goldschmieden der Kern oder Hohlraum, um den ein Gefäßrand gebogen wird, ‚Seele'. ‚Âme' wird im Französischen auch die erste Form, der Kern von Stuckfiguren genannt, die dann mit Stuck definitiv ummantelt wird, ebenso wie die Ton- oder Gipsformen, die nachher in Bronze oder anderen Materialien gegossen werden. Bleiben wir beim Seil. Wenn wir dessen ‚Seele' genauer ergründen möchten und deshalb den Mittelstrang bloßlegen und diesen danach selbst aufzwirnen, erweist er sich als normales Fadenbündel. Auch eine naturwissenschaftliche Untersuchung wird keine weiteren Resultate erbringen. Die mittleren Fäden sind eben nur in der gebündelten Form und zusammen mit der Umhüllung ein ‚Seelenfaden'. Das gleiche gilt auch für die Luftsäule in der Mitte der Wendeltreppe. Diese wird nach Abbruch der Treppe gar zu einem Nichts. Die Seele ist eben nur im Ganzen ‚eine Seele'."

Aus: Andreas Furger. Das Bild der Seele. Zürich 1990. S. 17.

Auch Korkenzieher haben eine Seele – sie führt an den Rausch.

Malen wir das Leben lang an einem Selbstbildnis, das nicht Abbild ist, sondern mehr und mehr die eigene Gestalt findet?

Angelika Kauffmann: „*Glückliche Psyche, traure nicht mehr. Sei getröstet, du kömmst in gute Hände.*"

Novalis: „*Ein Mensch, der Geist wird, ist zugleich ein Geist, der Körper wird.*"

Karl Marx über die Aufhebung der Entfremdung: „*Das Auge ist zum menschlichen Auge geworden.*"

Lexikon der Kunst: „*Trompe-d'oeil (franz., Augentäuschung), seit dem 19. Jh. international gültige Bezeichnung für besonders reflektierte Formen von Bildillusionismus. Das Auge des Betrachters soll über den Malvorgang hinweggetäuscht werden und den Bildgegenstand aufgrund der äußerst naturalistischen Darstellung als einen wirklichen Gegenstand erkennen. Die synonyme Bezeichnung ‚bedriegertje' (Betrügerchen) wurde im 17. Jh. in Holland verwendet.*"

Ein beiges Pfauenauge mit halbgeschlossenen Flügeln sitzt auf einem Rosenblatt. Auge samtschwarz und himmelblaue Punkte im Zentrum. Halbgefüllter gläserner

Weinkelch. Auf Silberteller eine angeschnittene Zitrone, halbgeschält. Der abgeschälte Streifen ringelt sich, fällt über den Teller und den Tisch frei nach unten. Weintraube, halbe Melone, Quitte. Ansatz zu einer Wendeltreppe. Disteln. Nüsse.

Ein Schluss

Es ist etwas diesig an diesem unausgeschlafenen Vormittag, an dem Tiburius über die Autobahn fährt. Er holt Ludmilla vom Flughafen ab. Sie hat ihm deshalb rechtzeitig geschrieben. An der Glasscheibe, hinter der sie vor neun Monaten hingeschwunden war, erscheint sie wieder – wie das Licht eines blauen Herbsttages, der den vergangenen Sommer nicht vergessen kann und einen verspäteten Schmetterling verzärtelnd liebkost. Auch Tiburius vermag ihn nicht zu vergessen, den hingeschwundenen Sommer. Wieviel Augenblicke sind es, dass er sie Wange an Wange in seinen Armen hält? Es ist nicht auch nur ein einziger Augenblick, denn die Augen blicken nicht, bleiben geschlossen – wenigstens die seinen. Ob es zwei Minuten waren oder zwei Stunden – er hätte es nachher nicht zu sagen gewusst. Ludmilla ihrerseits konnte sich noch neun Tage später in einer kurzfristig angesetzten Stunde bei Serpentina recht genau erinnern, dass es genau neun Minuten waren – warum hatte es nicht neun Stunden gedauert?

Während sie gemeinsam am Band warten, dass Ludmillas eckiger, hellbrauner Koffer mit seinen breiten Riemen und vergoldeten Schnallen auftaucht – er kommt so schnell nicht – bemerkt Tiburius mit herausfordernder Leisheit: „In der Zwischenzeit habe ich unsere Psyche restaurieren lassen.“ Ludmillas Augen ziehen sich in ihre Höhlen zurück: „Restaurieren lassen? Wen hast du denn damit beauftragt? Emmanuel Isenbihl ist doch verreist.“

„Verreist? Wer hat so etwas gesagt? Da musst du irgendeiner Verwechslung aufgesessen sein. Er war ja den ganzen Dezember und auch Anfang Januar jeden Tag – und wenn es nur für eine Stunde war – da drüben im Vestibül. Ich habe mich oft mit ihm unterhalten bei seiner Arbeit – was man halt so redet, belangloses Zeug im Grunde. Isenbihl versteht sein Handwerk, aber er ist einfach gestrickt.“ Diesen Seitenhieb musste Tiburius noch anbringen.

Er genießt Ludmillas Ungläubigkeit. Ungläubig, ja, das ist sie, und Tiburius genießt diese Ungläubigkeit – und er hat Recht. Nach einem genießerischen Schnauben schließt er sachlich: „Sein Handwerk versteht er aber in seiner Art wie kein anderer. In dem, was er als Restaurator geleistet hat, schätze ich ihn höher ein als die beiden Künstler zusammen, die an dieser Statue beteiligt waren, den antiken Marmorbildhauer und den französischen Gipsmeister.“

Ludmilla weiß jetzt noch weniger: „Nach welcher Vorstellung hat er denn nun restauriert, nach der meinen oder nach der deinigen? Hat er unsere Psyche auseinandergenommen oder zusammengelassen?“

„Es ist ihm gelungen, beides gleichzeitig zu schaffen. Ich sage ja, er ist in seinem Fach ein Genie.“

„Unglaublich. Ich kann mir beim besten Willen nicht vorstellen, wie das aussieht."

„Da ist eigentlich nur Überraschung angesagt. Weißt du was? Wenn wir an der Haustür sind, verbinde ich dir die Augen und führe dich ins Vestibül. Dann nehme ich dir die Binde von den Augen ab."

Ist Psyche, die Seele, geblieben wie sie war? Männliche Marmorbruchstücke, vom Gips der Weiblichkeit bis zur neuerlichen Unversehrtheit überkleistert. Zarte Patina und eine dünne Staubschicht verleihen dem ganzen Gebilde zudem etwas von der Würde des beginnenden Alters.

Wird Ludmilla merken, dass nun auch die ersehnte zweite Figur wieder neben ihr ist: Eros, Amor, der Geliebte und Liebende, der aber nur so lange da ist, wie er unsichtbar bleibt? Ohne das Dasein des Liebenden war die Seele immer der Wiederherstellung bedürftig gewesen. In welcher unsichtbaren Gestalt Amor aber jetzt vorhanden ist, bleibt das Geheimnis des ätherischen Restaurators.

Hat Tiburius die Statue einfach unberührt belassen oder was meint er wirklich? Hat die unruhige Seele jetzt endlich einen Augenblick lang ihren Körper gefunden, der – wer weiß wie – abhanden gekommen war? Ist Tiburius wieder bei ihr, bei Ludmilla, oder ist die Seele auf Tour in einem Land, in das von keiner Fluggesellschaft Reisen angeboten werden?

„Ach ja“, sagt Ludmilla, „ich habe jetzt den Schlüssel gefunden. Ich koche uns einen Tee.“ Sie hat den Schlüssel gefunden. Aber wie, während man sie leise klappernd hantieren hört, aus der Nische ein rubinfarbener Schimmer kommt und die Gegenstände umfasst, wie das Auflegen der Löffelchen auf den Untertassen tönt, als ob die Hand der Spielerin die Saiten einer hohen Harfe rasch hinunterglitte, wie ein vanilleartiges Aroma durch das Zimmer geht – ein unsichtbarer Goldregen! Man könnte glauben, dass die Tür zu einem alchemischen Laboratorium einen Spalt aufgegangen ist.

Schwarzer Tee in nachtblauen Schalen. Ohne Milch und Zucker.